― 書き下ろし長編官能小説 ―

みだら家庭訪問
濡れる田舎妻

桜井真琴

竹書房ラブロマン文庫

目次

※この作品は竹書房ラブロマン文庫のために
書き下ろされたものです。

第一章　生徒のママと禁断行為

1

（秋の長雨……には早いよなあ。まだ暑いし……）

九月の月曜日の朝。

夏目(なつめ)恭介(きょうすけ)はバス停の小屋で雨宿りしながら、ぼんやりと田舎(いなか)の広大な山並みを眺めていた。

秋が深まれば、雄々しい山々が錦(にしき)のごとく色づくらしい。

その前に金色の田だ。

山のふもとに稲穂が広がる田舎の風景は、なかなか壮観である。

東京生まれ東京育ちの恭介には新鮮な景色だ。

（ついこの前まで一面が緑だったのに、すごいなあ）

恭介は小学校の教師である。

この春、東京から異動になり、三重県の山間部にある小さな学校にやってきた。

二十六歳。教師生活四年目。

都会の学校から、いきなり田舎にやってきたので、半年経ってもまだ慣れぬことばかりで苦労の毎日だった。

（しっかし、雨やまないなあ……どうしようか）

アパートを出たとき、鈍(にび)色の空で、いやな予感はしていたのだ。

だが天気予報を信じて、傘を持たずに学校に行こうとしたら、この有様である。

生徒がいれば入れてもらえるが、生憎(あいにく)このあたりに子どもはいない。学校の近くまで行けば、誰かの傘に入れてもらえるだろう。

仕方ない、出ようかと思ったときだ。

ひとりの女性が、鞄(かばん)で頭を隠しながら、慌ててバス停の小屋に駆け込んできた。

同僚教師である遠山(とおやま)香澄(かすみ)だった。

恭介は緊張しながらも、ぎこちない笑みを隠し、

「お、おはようございますっ、遠山先生」

目が合って、挨拶する。

「おはようございます。夏目先生も濡れて……そうですよね、傘、いらないと思いましたよね」

ニコッと笑う香澄の顔を見て、内心、心臓はバクバクだ。

というのも、二十四歳で童顔の女教師は、まるでフランス人形のようなキュートさで、教師と言われなければクールな美少女といった雰囲気なのだ。

「て、天気予報、大ハズレでしたね」

何か言わないと気まずいと思い、恭介は必死で話題を紡ぐ。

「ホントに。朝からこんなに濡れちゃって……」

香澄もハンカチを取り出し、濡れた白いブラウスを拭っている。

真っ白なブラウスと紺のタイトスカート。

いかにも真面目な女教師といった格好である。

(可愛いなあ……香澄ちゃん……)

面と向かっては「遠山先生」と呼んでいるものの、心の中では「香澄ちゃん」と呼びたくなるくらい可愛いのだ。

恭介はちらちらと香澄を盗み見た。

形のよい大きなアーモンドアイに、端整な鼻と唇。

ポニーテールにした黒髪と相まって、まさにドラマの「マドンナ先生」を地でいく美しさだ。

性格はいたって真面目。

清楚で愛らしい外見とは裏腹に芯が強い。

ただ、クールなところは玉に瑕。出会って半年であるが、いまだ会話するとき緊張してしまうのは、容姿もそうだが、その塩対応気味なクールさも原因だ。

「あんっ、冷たいっ……背中も濡れてるわ」

香澄が困った顔をして、両方の手を背中にまわしたときだ。

（おっ……おお！）

上体をそらしたので、おっぱいが強調される。ふたつのふくらみで、ブラウスのボタンが弾け飛びそうになっている。

もともと大きいと思っていたが、やはりデカい。

だが……恭介が驚いたのは、胸の大きさだけではなかった。

（ブ、ブラジャーが！　香澄ちゃんのブラが雨で濡れて、透けて見えてるっ）

おそらく下着の色は白だろう。

ブラウスがぴったりと素肌に張りつき、ブラのレース模様はおろか、おっぱいの谷間の肌色まで透けて見えて、恭介は慌てて目をそらす。

（童顔なのに、胸が大きいから目立つんだよな……）

朝から、頭がピンク色に染まった。

都会ではもう絶滅危惧種である、透けブラである。

今の若い子だとキャミソールやらブラトップが限界で、それだけでもドキッとしていたのに、今、この愛らしい女性が見せているのはブラジャーだ。

しかも香澄は、痩せているのに胸だけが大きい、いわば「ロリ痩せ巨乳」という最高級の身体つきなのだからたまらない。

（可愛いのに、田舎の女の人は無防備すぎるんだよな……）

困った。

実に困った。

ふたりきりのバス小屋で、雨に濡れた美少女のような可愛い女教師が、ブラジャーをブラウスから透けさせている。しかもＦカップ（推定）である。

（待て待て……落ち着け、俺）

このまま股間をふくらませて小学校に行ったら、通報ものである。

もう見ないでいようと深呼吸していると、もうひとつの心配事が頭に浮かんだ。

（待てよ。透けてるってこと……香澄ちゃんに言った方がいいのかな……）

そうだ。

このままにはしておけない。

香澄は、自分の容姿や格好には無頓着なところがある。

この前などスカートのファスナーを開けたまま歩いていて、パンティが見えていたことがあったのだ。

言わなければ、ブラを透けさせたまま堂々と通勤しそうである。

恭介はまた深呼吸してから、意を決して話しかけた。

「あ、あの……遠山先生」

「はい？」

香澄が小首をかしげて、こちらを見た。

うっ！　と可愛らしさに言葉がつまるが、黙ってはいられない。

「そ、その……遠山先生、む、胸が……」

「胸？　私？」

香澄はそのまま目線を下にやる。

するとすぐにハッとした顔をして、両手をクロスさせて透けブラを隠した。

隠してからジロッと睨(にら)んでくる。

ひぃ、と心の中で怯えるものの、

「す、すみません。見るつもりはなかったんです。目に入ったもので。このまま出勤されるのはまずいかなと……」

なんとか言い訳すると、香澄はしばらく黙っていたが、

「なるほど。それならわかりました」

わりとあっさり受け入れてくれたようだが、それでも目の下は恥ずかしそうに赤くしたままだった。

「私、ちょっと家に戻って着替えてきますから。先に行っててください」

「あ、はい」

「それと……」

香澄は少し困ったように、眉をひそめて言った。

「あの……私の胸でエッチなことを考えるのはいいですが、学校では、そういう生理現象はやめてください」

「は？」

ちらりと自分の股間を見ると、こんもりと盛りあがっていた。

(ぼ、勃起してる。硬くなったって感じ……しなかったのに……)

慌てて手で隠すと、香澄はいつものクールなまなざしで恭介を一瞥してから、バス停の小屋から出て、元来た道を走って去っていくのだった。

(い、今の、どういうこと？　香澄ちゃんでエッチなことは考えてもいいって)

二十四歳の可愛い女教師に関しては、どうもまだ性格をつかみきれない。

(でもすごかったな……透けブラ……おっぱい……あんなに華奢なのに、おっぱいだけすごいボリュームで……田舎の学校も悪くないかも……)

考えていたら、股間が熱くなってきたので、恭介はまた景色を眺めた。

稲の穂が雨に打たれて、重そうな首をだらりと垂らしている。

股間があれぐらいになったら、走って学校に行こう。

2

処暑なんて言うけど、どこにも秋の気配は見当たらなかった。

恭介はジャケットを手に持ち、ポケットタオルで額の汗を拭いながら、畦道を歩いていた。

（あっついな……もう九月なのに……）

小学校で三年生の担任である恭介は、今日から家庭訪問ということで、各生徒の家庭をまわっている。次が今日の最後の生徒宅だ。

家庭訪問。

都会ではもうはるか昔に廃止になった制度で、まだあったのかと懐かしく感じるものの、生徒の親に会うのはプレッシャーだ。

（あんまり生徒や親とは、仲良くしたくないんだけどなあ）

それにしても遠い。

恭介は免許を持っていないが、クルマが欲しいところだ。

ちなみに自転車は先日、田んぼに落ちたので今はやめている。絶望的に運動神経が悪いのだ。

汗を拭きながら歩いていると、ようやく目的の家が見えてきた。

（ここかあ……ようやく最後……おっ……）

庭でかがんで何か作業をしている女性が目に入った。

ベージュのフレアスカートに、悩ましい尻の丸みが浮かんでいる。

スカートの生地がヒップの大きさのせいでパンパンに張りつめ、パンティのラインまで透けて見えてしまっていた。

むっちりと重たげなヒップは、今にもはちきれんばかりのすさまじい量感だ。

(色っぽいお尻……あれが愛理のママ？)

三年生の吉川愛理は顔立ちが可愛らしい。

となるとママもきっと美人だよなあ……と予想していたのだが、女性が顔をあげると、それはいい方に裏切られた。

(想像を超えてキレイだ。これが小学生のママか？　マジかよ)

一気に疲れが吹き飛んだ。

吉川由紀は三十歳と資料にあったから、早くに母親になったはずである。

ところがくたびれた感じはなく、楚々として若々しかった。

ぱっちりした目に長い睫毛、ふんわりしたセミロングの黒髪が、インターネットで見た昭和のアイドルの雰囲気を思い出させる。

優しげなのにエロくて、三十路の大人の色気もまとっている。

その色気の正体のひとつは唇だ。

厚ぼったいピンクの口元が、ゾクッとするほどセクシーで、だから雰囲気は優しげなのに男心をくすぐるのだ。

「夏目先生ですね！　初めまして、愛理がいつもお世話になっております」

ぱあっとした明るい笑顔でやってきて、由紀が丁寧に頭を下げる。

「いえ……こちらこそ」

こちらも頭を下げたときだ。

由紀のTシャツの胸元が緩かったので、胸の谷間と薄いピンクのブラジャーがもろに見えた。

（ブラジャーがモロ見え……ブラの色、ピンクだ……って……美人ママさんが、こんな無防備でいいのか？　ウソだろ）

このへんが田舎の人妻ってところか。香澄と同じで警戒心が薄い。

由紀が顔を上げた。

慌てて胸元から目をそらす。

（やばっ……胸を見てたのバレたかな……）

冷や汗が出た。

だが由紀は何も言わず、ニッコリと優しく微笑んでいる。

「暑かったでしょう。さあ、あがってください」

「は、はあ、お邪魔します」

美人ママの揺れるスカートのお尻を見ながら、ドキドキしながら家にあがると、リビングのソファに通された。

(ああ、いい風……)

風鈴が、涼しげにちりんちりんと音を立てていた。

クーラーがなくとも風通しがいいらしく、扇風機で十分に涼しい。

だが緊張しているから、汗が出る。

首元や腋をハンカチで拭っていると、由紀が盆に麦茶のグラスを載せて戻ってきた。

「先生、ラクにしてください。ジャケットも脱いで。そのソファにどうぞ」

テーブルにグラスが置かれた。

氷が浮いて、とても冷たそうだ。ソファに座ってから「いただきます」と、麦茶を喉に流し込むと、ようやく一息つけた。

向かいのソファに座った由紀が、ウフフと上品に笑う。

「大変ねえ、先生も。今日はウチが最後でしょ?」

美人妻の目が細められると、色っぽさがグンと増す。

「ええ。家庭訪問するのは初めてなんで、余計に」

「そうなの？　夏目先生、前の学校は東京でしたっけ。もう都会は家庭訪問やらないのよね。先生、まだお若いんでしょう？　こんな田舎、面白くないでしょ」

「今年、二十六です。いや、のんびりしてて、いいですよ」

「そうお？　夏目先生、独身よね」

「ひとりですけど。あ、あの……そろそろ吉川さん……愛理さんの学校生活についてなんですけど……」

こちらから切り出した。

そうでないと、永遠にこちらの話をすることになりそうだ。

吉川愛理は優等生なので、正直、母親に相談するようなこともないから、半分雑談みたいな感じだった。

(ああ、由紀さん……いい匂い。香水かな。それに、しっかりメイクして……)

担任教師の家庭訪問なのだから、おめかしするのはわかるのだが、女優ばりに美しいというのは反則ではないか？

しかもだ。

身体つきがムチムチして、いやらしい。

先ほど屈んだときのお尻を思い描く。

腰は細いのに、そこから蜂のように大きく盛りあがる尻のムチムチ具合に、欲情を隠せない。

(生徒のママだぞ。そんな気持ちになってはダメだ)

気を落ち着けて、真面目に家庭の話をしようと思った。

「……なるほど、ではご主人は、あまりご自宅にはいらっしゃらないんですね」

ここにはいない愛理の父親の話をしたときだ。

それまで無邪気なくらいに明るかった由紀に、暗い影が見えた。

「……そうね。主人とは、あんまり一緒に出かけることもなくなったし、娘のことは気にかけてくれるんだけど、私にはもう興味を失ったみたい」

由紀が哀(かな)しげな顔をする。

「えっ……そ、そうなんですか？　僕ならこんなキレイな奥さん……」

思わず口にしてしまい、ハッとなった。

「すみません。僕は何を……」

これではまるで口説(くど)き文句ではないか。

カアッと顔が熱くなるのを感じる。

しかし、由紀は怒ることもなく、とろんとした瞳で見つめてきてドキンとした。

慌てて麦茶のグラスに手を伸ばす。

「……先生なら、私に興味を持ってくださるのね」

その言葉に、飲んでいた麦茶を吹きそうになってしまった。

面食らって由紀の表情を見れば、ウフッと楽しそうに笑っている。濡れた唇が本当にセクシーだった。

「いや、その……」

なんて言っていいか、わからなかった。

風が由紀の甘い匂いを運んでくる。

由紀の首筋に、玉のような汗がつぅっーと流れていく。

「ああ……暑いわね、今日は……ごめんなさいね、クーラーがなくて」

「そんなことないですよ。抜けてくる風が涼しいし……」

ギョッとした。

由紀がTシャツの胸のあたりをつまんで、ぱたぱたさせている。

袖の部分から、薄ピンクのブラジャーが覗いた。

(見ちゃだめだ……家庭訪問中に……)

しかしだ。夕方の人妻の家。旦那は仕事で子どもは塾で遅いと聞けば、ムラムラしてくるのが男の性ではないか。

「主人はね。私のことなんかもう、何年もかまってくれないのよ。ただの同居人みたい」

「は、はあ……」

「でも愛理の前ではそんなこと言わないわよ。いいパパでいて欲しいし。でもねえ」

「ご主人は仕事でお疲れじゃないんですかね」

「ううん。違うの。そういうんじゃなくて、私とはもう無理。わかるのよ……」

なんだか夫婦の悩み相談みたいになってきた。

でも、こういう愚痴を言う相手がいないのだろう。下手にママ連中に喋ったら、田舎なので村中に知れ渡りそうだ。

由紀はふいに哀しげな表情をやめて、またウフフと微笑んできた。

「だからね。お世辞でも、さっき……先生が言ってくれたことうれしかったのよ。若い男の人にキレイなんて言われたことないし」

「お世辞じゃなくて、ホントにそう思います。ですから自信を持ってください」

元気づけるなら、もっと別の……ありきたりの言葉がよかったと思う。

だけど、こんなに麗しいママを目にしてしまうと、正直な言葉が口を突いて出てしまう。

由紀が目を細めて前のめりになってきた。

心臓がバクバクした。

落ち着けとグラスに手を伸ばしたときだ。

由紀の手も伸びてきて、恭介の手に重ねられた。

ビクッとした手を引っ込めたときに、グラスが倒れてしまった。

麦茶がこぼれ、それが垂れてズボンの股間部分にもかかってしまう。

「あっ！　す、すみません」

慌てて立ちあがり、ハンカチを取り出してカーペットを拭こうとした。

「いいのよ、私が拭くから。そのハンカチだけじゃだめでしょう」

由紀は手際よく、タオルとふきんを持ってきた。

テーブルとカーペットをさっと拭き、それが終わるとしゃがんで、恭介のズボンの股間にタオルを当ててきた。

「あ、あっ……ちょっと……そんな、いいです、僕が」

「だめよ。男の人はすぐ、ごしごししちゃうんだから。染みになっちゃうかもしれないから、強くしちゃだめなの。こうやって、ぽんぽんって……」

股間部分を優しくタオルで叩かれると、

（うっ……）

と、むずがゆい気持ちが湧きあがる。

しゃがんだ由紀のウェーブヘアから、甘い髪の匂いが漂ってくる。

いい匂いだと下を見る。Ｔシャツの緩い襟元からおっぱいとブラが覗けた。

さらに由紀は片膝をついているから、スカートがズレあがり、むっちりした白い太ももが半ばまで見えてしまっている。

（や、やば……ッ）

別のことを考えようと思えば思うほど、二十代の旺盛な性欲はとまらなくなり、肉棒が硬くなっていく。

「……」

由紀が手をとめて見あげてきた。

イタズラッぽい目が、硬くした股間を咎めているように見えた。

「ち、違うんですっ。これは……触るとその、自然に……不可抗力なんですっ」

必死に言い訳をつなげる。しかし由紀はすました顔だ。

「違うわよ、怒ってないわ。先生っておひとりって言ったわよね。その……毎日どうしてるの？　恋人もいないの？　つらいのかしら……私なんかで、こんなになるなんて相当に……」

由紀が自虐的なことを言いはじめて、恭介は慌てた。

「私なんかって……由紀さんだから、こうなったんです」

「え？　こんなおばさん……」

「おばさんなんて……キレイなのに……だから自信を持って……うっ！」

恭介は驚いて、目を白黒させる。

由紀が指で、直に股間のふくらみを撫でてきたからだ。

「これ……脱いでくれれば、すぐに部分洗いして乾燥機にかけるから」

「由紀さん、でも……」

こちらの意思とは関係なく、ジィィィとファスナーが下ろされ、ベルトに手をかけられた。

いけないと思うのに抗えなかった。

背徳と期待が混ざって、呼吸が苦しくなって耳鳴りがした。

ズボンが下ろされ、パンツにも手をかけられた。

「……ゆ、由紀さん……」

さすがにパンツはまずい、と思って手で押さえつけようとした。

だが由紀はその手を優しく外してきてから、パンツに手をかけてズリ下ろした。

勃起が、ぶるんっ、とバネのように飛び出してくる。

「あンッ。すごく元気なのね……やっぱり二十代はすごいわ」

由紀の手が勃起の根元をつかみ、また妖艶な顔で見あげてきた。

明らかに誘惑している。

「うっ！」

恭介は呻いた。

由紀が勃起をゆるゆるとシゴいてきたからだ。

「ああっ、由紀さん、そんな……待って」

焦った。恭介の経験はわずかにひとり。

その初体験は大学生のときで、相手も初めてだった。ただ挿入して、彼女が痛がって終了した。その後、すぐ別れたので、手コキすらもされたことがない。

「……ウフッ。私なんかより、若い子の方がいいんでしょうけど……」

しなやかな指で表皮をしごかれると、あまりの気持ちよさに射精してしまいそうだった。恭介は首を横に振る。

「さ、されたことないんです……手で……」

「え？」

由紀がきょとんとした目を向けてきた。

恭介は、たった一度の性体験を正直に話した。

すると、

「そうだったの……」

話を聞いた由紀が、慈愛に満ちた目を向けてくる。

「あんまりいい思い出じゃなかったのね。だったら……あの、私だったら……その、少しは先生のいい思い出になるかしら？」

「え？　あっ……」

もう声も出なかった。

女優のように美しい奥さんが、自分の股ぐらに顔を寄せてペニスを舐めてきたからだ。

3

「ゆ、由紀さん。そんなっ、汚いっ」

あまりの衝撃に、恭介はガクガクと震えた。

(ま、まさか……こんな美人の奥さんが……俺の洗ってない男性器を舐めてくるなんて)

家庭訪問で歩き続けていたから、蒸れていやな匂いも発しているはずだ。

しかし、由紀はうっとりした様子で、ねろり、ねろり、とアイスを舐めるように舌全体で勃起をかわいがってくる。

しっとりした温かさと柔らかな舌の感触がたまらない。

肉竿（にくざお）がビクッ、ビクッと震えて、思わず「くうう」と呻き声が出た。

「大丈夫？　初めてなんでしょう……いやじゃない？」

舐めながら由紀が見つめてくる。

「いやなんて、そんなわけないですっ……気持ちよくて……なんかおかしくなりそうだったんです」

「ウフフ。よかった。ねえ、先生。これって娘に贔屓して……とか、そんな気はないのよ。私のことキレイだって言ってくれたから……私なんかでよければ……」

憂いを帯びた表情をされる。

色っぽさがグンと引き立ち、濃厚な女の色香がムンムンと漂ってくる。

(ああ、こんなこと……ホントに、やばい……)

生徒の親との逢瀬、しかも家庭訪問の最中になんて、教育者としてあるまじき行為である。

だけど、して欲しかった。

美しい三十歳の人妻に、初めての経験をさせて欲しい。

「ウフッ。ピクピクしてる。いいのね、これが……」

由紀はニコッとして、「いい子ね」と、勃起に話しかけるようにしながら、

「ごほうびよ……ウフフ」

可愛らしくはにかんだ、次の瞬間——、

「え？　うっ……ッ」

一瞬、何が起こったかわからなかった。

剝き出しの先端が熱に覆われて、腰がとろけそうになる。

（え？　ええ？　由紀さんに、チンポを咥えられてる……！）

初めてのフェラチオは鮮烈だった。

柔らかい口の粘膜が、ペニスを優しく包み込んでくる。

見れば、脚の間に正座した由紀が、セミロングの艶髪を揺らしながら、ぷっくりした赤い唇を大きく開けて、しっかりと自分のチンポを口に含んでいた。

（こ、こ、これがフェラチオかっ……あったかい……）

奉仕されている感が強くて、年上の女性に対して愛おしさが湧く。

「ンフ……ううんっ……ううん」

咥えながら、見あげてきた由紀が、

「どう？」

と、ばかりにこちらを見つけながら、顔を前後に揺らしてきた。

「くうう……なっ、すご……由紀さん……そんな、僕の性器なんかを口に咥えて、汚いのに……」

申し訳ない気持ちを伝える。

由紀がちゅるっと勃起を口から出して、下から見あげてニコッと笑った。

「そんなのいいのよ。先生……気持ちいい？」

「は、はいっ。腰がとろけちゃいそうで」

「よかった。実はね、私も……その……欲しくなってたのよ。先生のいやらしい視線を胸とかに感じちゃってから、もう、私……」

人妻が、イタズラっぽい笑みをこぼしてきた。

恭介は焦った。

やはりバレていたのだ。

「す、すみません。み、見ちゃいけないと思ったのに」

「ウフッ。いけない子ね……」

由紀はささやくと、再び勃起を握って咥え込んできた。

「くうっ……」

ペニスをしゃぶられて、全身が痺れる。

恭介は歯を食いしばった。

そうしなければ、立っていられないほど気持ちいい。

「ああ、ゆ、由紀さん……」

あまりの快楽に、瞼がぴくぴくして、うっとり目をつむりそうになってしまう。

だけど、美人ママが自分のものを咥えている図はエロすぎて、見ないわけにはいかなかった。目に焼きつけたいほどだ。

しかもである。

(ああっ……咥えながら、由紀さんの舌が動いて……)

ざらざらした舌粘膜が、敏感な鈴口を舐めていた。腰がガクガクするのを人妻はしっかりと抱きしめて、さらに奥まで咥え込んでくる。

「うふっ、んんううん……」

見れば由紀は涙目になっている。

形のいい眉が折れ曲がって、グロスを塗ったつややかな唇が、根元近くまで咥え込んでいた。

(ああ、そんな吐き気をもよおしそうな喉のところまで……俺のモノを……)

驚いていると、由紀はさらにゆったりと頭を前後させてきた。

ぬちゃ、ぬちゃっ、と唾液の水音が大きくなり、舌の動きも速くなる。

「んっ、んうんっ……んふっ……」

鼻から甘い息を漏らしながら、由紀が唇を滑らせる。

ストロークが長くなって、切っ先から根元までを唇で甘く締めつつ、ときに吐き出してフルートのように横からキスしたり、睾丸を手であやしたりしながら、また頭の前後運動をはじめる。

（エ、エッチすぎるっ）

ねっとりとした口中の粘膜にこすられて、とろけるような感覚が押し寄せてくる。

恭介がつらそうな顔をすると、人妻は咥えながらうれしそうに目を細めつつ、さらに激しく頭を打ち振っていく。

（あっ……しゃぶりながら……由紀さんも興奮してる……）

よく見れば、踵（かかと）をそろえた上に乗せた大きな尻が、物欲しそうに横揺れしていた。

顔を前後に動かしていると、その動きに応えて、Tシャツのおっぱいが大きく揺れて、襟ぐりからチラチラと白いバストを見せている。

（んほっ……すげえ、柔らかそうなおっぱい……）

谷間どころか、ブラの隙間から乳首が見えそうだ。

恭介が鼻の舌を伸ばしていると、

「ンフッ……」

由紀が顔をあげて、勃起を口から離し、ちょっと赤くなって怒ったような表情を見せた。

「いやだ、もう……」

胸元を押さえているから、おっぱいを覗いていたのがバレたらしい。

慌てると、由紀は、

「……先生のエッチ」

と、咎めるような目をしてから再び咥え、今までにない激しいピッチで、顔を振って唇を滑らせてくる。

（うう……な、なんだ、これ……）

怒張の表皮が、ぷっくりした唇で甘くこすられて、まるで生理現象のように猛烈に射精したくなってくる。

「ああ、そ、そんなにしたら……出ちゃいますっ」

恭介が訴えると、由紀はニコッとしてまた勃起を吐き出して、

「いいのよ、出して。気持ちいいんでしょう？」

「そ、それはもちろん……」

「だったらいいの。先生……好きなときに出して。私のオクチに……気にしなくていいから……」

優しくて包み込むような微笑みだった。

田舎の人妻は慈愛に満ちた母親のような顔をしてから咥え込み、また目の下をねっ

とりと赤く染めた淫靡（いんび）な表情に変わっていく。

「あっ……そんなっ……くうう」

（も、もう出るっ……でも、口内射精なんかしてもいいのか？　あんなどろっとした生臭いものを、こんな美人ママの口に放つなんて……）

罪悪感がすさまじいが、だが一方で汚したい、という欲求も高まる。

自分の子種が、人妻の身体の中に入るのだ。

美人ママを自分のものにしたいという欲望が、頭をよぎったときだった。

「あ、で、出るッ……くうううううッ！」

ふわっとした放出感が全身を貫いた。

精液が尿道から放出されるときの、とろけていくような快感。いつものオナニーとは段違いで魂（たましい）まで抜けそうな気持ちよさだった。

「んう……」

由紀が苦しげに呻いた。

大量の粘っこいザーメンが、美人ママの喉奥に向けて放出されている。

しかし、由紀はつらそうな目をしながらも、勃起を口から離さずに受けとめてくれていた。

ようやく射精が収まる。由紀が肉竿から唇を離した。

彼女は頬をふくらませながら、恭介の太ももをとんとんと叩いてきた。

（え？　う、うわっ……）

由紀が口を開けて見せてきたから、ドキリとした。

淫靡な白濁ゼリーが、由紀の口の中いっぱいにあふれ返っていた。

「は、吐き出してください。由紀さん」

匂いも味もひどいものだろう。

いたたまれなくなって、ティッシュを探そうとしたときだ。

由紀が口を閉じて、ごくっと喉を鳴らした。

（ウソ……呑んだ……え？）

信じられなかった。

あんなツンとする生臭いものを、由紀が呑んでくれたのだ。

「はあっ……」

由紀がようやく顔をあげる。

「すごい元気な精液ね。量もすごいし、ねばっこくて喉に引っかかるし。でも美味しかったわ、先生のエッチなゼリー」

由紀はそう言ってから目をつむり、少し苦しげに、何度も唾を呑み込むような仕草をした。まだ喉にザーメンが残っているんだろう。

（清楚なママが、俺の精子を呑んで美味しかったなんて……）

一回限りだった性行為にあまりいい印象はなかったけれど、これほど奉仕してくれる女性がいるんだと思うと、うれしくなった。

「ウフフ。いい思い出になるかしら？」

「な、なりますっ……由紀さんが、こんなことまでしてくれるなんて」

正直な感想だった。

「いいのよ。私こそ。こんな三十路の人妻でごめんね……」

「由紀さんっ……そう言って卑下するのはナシですっ。すごくキレイなのに」

思わず、前屈みになって、由紀に唇を重ねてしまった。

ハッとして、すぐに唇を離す。

「ご、ごめんなさいっ」

頭を下げる。

由紀が申し訳ないように、柳眉をたわめた。

「謝らないで……ああン、私、今、あなたのを呑み込んだばかりなのよ……いやじゃなかったの？　男の人って自分の味なんていやなんでしょう？」

「それはあるけど、でも由紀さんとキスできるなら、気になりませんから」

本心を言った瞬間、由紀から唇を重ねてきた。

わずかに青臭さがあったが、そんなことは気にしないで、美人ママとむさぼるようなディープキスに酔いしれるのだった。

4

恭介はお湯でザブッと顔を洗った。

(しかし……由紀さんちのお風呂って、えらいデカいな)

うーんと湯船で脚を伸ばせるのは久しぶりだった。アパートの風呂は狭くて背の高い恭介では膝を折って入らねばならない。

由紀が、

「ズボンは一時間くらいで乾くわ。その間にお風呂に入ったら？」

と言われたが、最初はさすがに断った。

だけど、先生にお風呂に入ってもらうなんて、別に田舎ではたいした話ではないと聞かされて、ならいいかと厚かましくもいただいているのだった。

(はあ……よかったなあ……由紀さん……あんな美人ママが俺のチンポを舐めて、ザーメンまで呑んでくれるなんて……)

思わずひとりごちて、ニヤついた。

罪悪感はもちろんあるものの、ひとりの男としてはうれしいに決まっている。

ニヤニヤしていると、浴室のガラスドアに肌色が見えた。

(ん？)

由紀だろうけど、なんでこんなに肌色が見えるんだ？　と思っていたときだ。

ドアが開いて、タオルで身体を隠して由紀が入ってきた。

「へ？　ゆ、由紀さんっ……」

驚いてパニックになっていると、由紀が微笑んだ。

「ごめんなさい……だけど……お口だけじゃと思って……ねえ……女の人のこと、教えてあげたいの。私でよければ、だけど」

言葉が出てこなかった。

つまりそれは「セックスする」ってことだ。

(由紀さんと、ひとつになる……エッチできるっ……)

もう本能的に、ふたつ返事で頷いていた。

人妻は髪を後ろで結わえ、目の下を赤らめて恥ずかしそうに近づいてきた。

(大胆なことをしてるわりに、なんだか緊張してるみたいだ。あんまりこういうことをしたことないのかな)

誘惑してくるのに、慣れていない感じがする。

だが、そこがまたいい。

由紀は恥ずかしそうに顔を赤らめつつも、風呂椅子に座り、シャワーの栓をひねった。

温かいお湯が出て、タオルで隠していた由紀の身体も濡れていく。

身体を濡らしてから、由紀が立ちあがる。

「見たいんでしょ? 女の裸……私でよければ……観察してみて」

と、恭介に湯船から出て、洗い場にしゃがむようにうながしてきた。

彼女はうつむきながら、そっと浴槽のへりに腰かける。

バスタブの高さはないから、由紀が座ると椅子に腰かけるような形になる。由紀はタオルを外して顔をそむけたまま、ゆっくりと脚を開いていく。

(えっ、おおお!)

衝撃的な光景に、恭介は前のめりになる。

わずかに生えそろった草むらの下に、色素の薄くなった唇がある。

脚を開くにつれ、亀裂の中身が露わになっていき、幾重にも咲くピンクの媚肉がみっちりとひしめいている。

女のアソコをこうして生ではっきりと見るのは初めてだ。

「す、すごっ……由紀さんのアソコが全部見えて……」

容貌は清楚だが、やはり子どもを産んだ人妻のあそこは、くすんだ色合いをしている。

だがそれが想像以上にエロくて、恭介は熱っぽく見つめてしまった。

「ああン……」

目を閉じている由紀が、羞恥のため息を漏らす。

「先生、すごい見てる……目を開けなくてもわかるくらい……」

荒ぶる息を感じたのだろう。

由紀はほぼM字に開いた脚を震わせながら、せつなそうに再び色っぽい息を漏らした。

「若い子と比べると、あんまりキレイじゃないけど、私のでいいのかしら……」

「い、いいに決まってます。すごい……」

顔を近づけると、磯っぽい匂いがツンと漂った。よく見れば、媚肉の奥がぬらついていて透明な雫が光っている。

「これ、由紀さん……あ、あれ……ですよね、ぬ、濡れて……」

恭介の言葉に、由紀はハッとしたような顔をしてから、小さくいやいやした。

「違うの……その……恥ずかしいから……あん、私、おかしくなってる」

恥じらいがちに言う由紀を見て、恭介は唾を呑み込んだ。

「それって、恥ずかしいときに由紀さんは濡れるってこと?」

正直に訊いたつもりだった。

だが由紀はからかわれたと思ったらしく、可愛らしく頬をふくらませる。

「もう……先生ったら、エッチなのね……私を問いつめるなんて……知らないっ」

と、ぷいと横を向いてしまう。

「すみません」

しょげると、由紀は機嫌を直してクスッと笑ってくれた。

「ねえ、先生。私の裸で……興奮してくれるのね……見てるだけでいいの?」

赤ら顔をした由紀が、足を開いたまま目を細める。

過激な台詞だ。

心臓が高鳴る。

「じ、じゃあ、触っても……」

おそるおそる訊くと、人妻は小さく頷いた。

（い、いいんだ……触るぞ……触る……）

手で隠してはいるが、たわわな胸のふくらみは、子どもを産んだとは思えぬほどの張りがあり、下乳にしっかりとした丸みをつくっている。

柔らかそうな大きなおっぱいも揉んでみたいが、恭介の視線はもう、濡れ光る人妻のピンク色の媚肉に向かっていた。

恭介は震える指を人妻の股に持っていき、スリットをまさぐった。

「あ……ンッ」

触れた瞬間、由紀がビクン、と痙攣したので驚いた。

「い、痛かったですか？」

「違うのよ、その……久しぶりだから感じちゃったのよ……だから、いいの」

感じたと言われて、うれしくなってさらに指でまさぐると、ぬちゃっ、と音がして指先に甘蜜のシロップがまとわりついてきた。

「とろとろです……やっぱりこれ、濡れて……」

「ウフッ。恥ずかしいけど、そうよ……正直に言うわ。女はね、感じてきたり、その気になったりすると、すぐに濡れちゃうの」

甘い声でささやかれて、もう歯止めが利かなかった。

優しく中指で濡れ溝をなぞる。小さな穴を指先が探り当てる感触があった。

「ここ、ですよね、由紀さんの……」

狭い穴に中指を押し込むと、ぬるっと窄まりに指が嵌まっていく。

「あッ、あんっ……そう、そこよ……ううんっ」

指を沈み込ませていくと、由紀がせつなそうな声を漏らして、背をのけぞらせる。

(これだけで感じるんだ……うわっ、熱い)

中はぐっしょりして、果実の中身のようにどろどろだった。

媚肉が収縮しながら指を包んでくる。

その感触に興奮しながら、もっと奥に指を差し入れ、そしてゆっくりと中指を前後させてみた。

「あんッ……先生の指……ああん、私の中で……ンンッ」

すると由紀が股を開いたまま、さらに激しく腰を揺らめかせる。

（ああ……すごい感じてるぞ。いや、俺が人妻を感じさせているんだ）

昂ぶってきた。

これはたまらんとばかりに、指を、ぬちゃ、ぬちゃ、と音を立てながら出し入れさせると、奥から蜜があふれてきて、生臭さがプンと匂ってきた。

「んっ、んんっ……あっ、あっ……だめっ……あんっ……先生、そんなにイタズラしたらっ……ああんッ」

淑やかな由紀が、甘ったるい媚びた声を出してきたから恭介はびっくりした。

（上品そうなママが、乱れるとこんな風になるんだ）

たまらなかった。

もっと感じさせたいと、目一杯奥まで指を届かせる。

ざらついた部分があって、そこを指先でこねると、

「ああん、そ、そこ……はぁん……あっ……だ、だめっ……」

「ここがいいんですね」

わざと意地悪く言いつつ、熱いぬかるみの中、奥をひっかくように動かした。

「あんっ……先生、イジワルっ……あっ……ああっ……」

ぬちゅ、ぬちゅ、と激しい水音が湧き立つほどに奥をこねくり回すと、由紀がいよ

いよ指の動きに合わせて、腰を淫らにくねらせてきた。

「ああっ……ああん……だめっ……はしたないのに……私ったら……」

恥じらいつつ、イヤイヤするものの、身体は欲しがっているのか、ムッチリした太ももが痙攣をはじめた。

「あ……あううんっ……だ、だめっ……ホントにだめっ！」

「え？」

強く言われたので、攪拌する指をとめる。

由紀はうつむき加減でぽつりとつぶやいた。

「……イッちゃう……このままされたら、私……」

「はっ……えっ……？」

思わず下から煽るように、由紀の顔を覗き込んだ。

「いやんっ……ねえ……先生……もう指じゃなくて……あれが欲しい」

甘えてねだるような美人ママの声と表情に、もういてもたってもいられない。

「ぼ、僕も……あの……由紀さんの中に入りたい……」

教師としては、いけない気持ちでいっぱいである。

だけど……男としての生殖本能は先ほどから疼きっぱなしだ。

由紀は浴槽のへりから降りて、洗い場で仰向けになった。

洗い場の床には暖房が入っているのがわかる。それに滑らないようなクッション素材だから、背中をつけても冷たくも痛くもないだろう。

（ああ……愛理のママとセックスするんだ……ひとつになるんだ）

唾を呑み込んで、横たわる由紀の裸体を眺めた。

巨大なふくらみから、くびれた腰つき、そしてお尻へと続く身体のラインはかなりのボリュームがある。

魅力的な身体だ。こんな身体を抱けるなんて夢のようだった。

「い、いきますよ」

いきり勃つモノの根元を持ち、ゆっくりと由紀の膣穴に向けて押し込んでいく。濡れた入り口を押し広げる感覚があり、ぬるりと嵌まり込んでいく。

「あ、あんッ」

由紀が大きく背を浮かせて、顎をはねあげた。

巨大なバストが目の前で揺れた。

「うっ……」

同時に、恭介は顔をしかめた。

肉襞(にくひだ)が優しく締めつけてくる。とろけるような甘い刺激に、恭介は歯を食いしばって射精をやり過ごさねばならなかった。

「先生……大丈夫？」

汗ばんだ顔で由紀が下から見てきてびっくりした。

「は、はい。すごく気持ちよくて、びっくりしちゃって」

「いいのね、よかった」

「は、はい……ああ……入ってるっ……由紀さんとつながってるっ」

鮮烈な刺激に饒舌(じょうぜつ)になっていた。

生徒のママとの禁断の関係……いけないことなのに、背徳のスリルを感じてゾクゾクと全身が痺れてしまう。

「あンっ。先生のおちんちんがビクビクしてるの、感じるわ」

「僕も、か、感じますっ。由紀さんの中の襞がひくひくしてる」

由紀は「え？」という顔をした。

「ひくひくしてる？　私のあそこ……そんな風に……」

「はい、由紀さんのおまんこ、すごく締めつけてきて……僕のチンポを欲しがってるみたいだ」

「やだ……先生、そんな風に言わないで」

美人ママは恥じらい、いやいやした。

（か、可愛いっ……）

こんなに美しくて、しかも反応が愛らしいのだ。

最高だなと思いつつ、ぐっと腰を押し込んだ。

「ああんっ……あっ、先生っ……ちょっと待って……」

苦しげに由紀が言う。「え？」と発して、動きをとめて由紀を見た。

「あん、だめっ……私の中、先生でいっぱいになって……お、大きいわ」

由紀の大きな瞳が、うるうると潤んでいる。

切っ先は確かに奥に届いていた。

「う……でも……由紀さんっ」

恭介は、ハアハアと息を荒げながら、うつろな目で由紀を見た。

「どうしたの？」

「じ、じっとしてると……出ちゃいそうで……」

切羽つまった顔を見せると、由紀はウフフ、と笑みをこぼす。

「うれしい……気持ちいいのね。いいわ。このままじっとしててもいいし。出してもいいから、好きなように動かしてみて」

「で、でも……もし、出ちゃったら」

「心配しないで、今は大丈夫な時期だから、ホントよ」

その台詞でフッと気が楽になった。

「い、痛かったら、言ってくださいっ」

もう一刻も早く動かしたくてたまらなくなり、腰を前後に打ち振った。

「あ……あんッ……だめっ……すごくこすれて、気持ちいいっ……ああん……教えてあげるって言ったのに……ああん、感じちゃう」

ママの顔が、色っぽくとろけて女の表情になる。

「ぼ、僕のがいいんですか？」

「あんっ、いいわよっ……先生のおっきくて、硬くて、すごく……いいっ……ああんっ、いいわっ……いいっ……」

由紀がよがりつつ、何度も大きくのけぞった。

そのたびにバストが揺れ弾む。

入れながら、必死でおっぱいもつかんだ。

弾力と柔らかさに陶然となりながら、激しく揉みしだいていく。

「あん……あううんっ……たまらないわっ」

「おっぱいも感じやすいんですね」

恭介は背中を丸めて、乳首を舌で舐めつつ、唇をつけて吸いあげる。

「ああんっ……上手よ、先生。満点よ、私みたいな田舎のママを、こんなにだめにして……とろけさせてくれるなんて」

由紀は細眉をたわめながら、今にも泣きそうな顔でうわずった声を漏らす。

後ろにアップした黒髪が、いつの間にかほつれていた。

洗い場の床にパアッとひろがって、凄艶だ。

汗ばんで、いやらしく照り光る白い肌も、上気してピンクに染まる頬も、甘ったるい女の体臭や濃厚な発情の匂いなど、すべてが悩ましい。

「くうう……由紀さんっ……由紀さんっ」

名を呼びながら、ずちゃっ、ずちゅっ……と激しくピストンをすれば、ついには由紀も腰をくねらせて快楽をむさぼろうとする。

（き、気持ちいいっ！）

とまらなかった。

洗い場の床に手を突き、さらに前傾姿勢で突き入れる。

その角度がよかったのか、

「あっ！　ああっ、ああっ……そんな……だめっ……ああんッ！」

由紀は激しく身悶えして、視線を宙にさまよわせている。

揺れ弾むバストの乳頭が、もげそうなほど尖（とが）りきっている。再びチュッと乳頭部に吸いつけば、

「ああんっ、だめっ……ああんっ……先生……ねえ、ねえ……」

由紀が不安そうな目を見せてきた。

「は、はい……」

「……私、イキそうよ……うれしいっ……もっと突いてっ」

その言葉通り、膣がギュッとペニスを食いしめてきた。

「ああ、ゆ、由紀さん……そんなにされたら……！　だめですっ、もう……」

「ああん……い、いいわ……ちょうだい……私の中……」

由紀の表情は、とろけきっていた。

見つめ合う。

ふたりの気持ちが混ざり合う。もうとめるなんてできない。

「うう、出るっ、出ますっ」

決壊は突然だった。

「うっ……」

短い呻き声とともに、恭介の中にふわっとした高揚感と、腰骨が砕けたようなすさまじい快感が、鮮烈に走り抜ける。

どぴっ、どぴゅっ……。

まるで音がしそうなほど、猛烈な勢いで鈴口からザーメンが放出し、由紀の奥を熱く満たしていく。

「あンッ……すごい。熱いのが、たくさん……」

由紀はビクンビクンと震えながらも、下から両手を差し出してきて、恭介をギュッと抱きしめる。

大きなバストがギュッと押しつぶされる。

そのたわみや肌の心地よさを感じながら、さらに欲望を注ぎ込んでいく。

「ンフ……先生……」

由紀が唇を重ねてきた。

ぬるりと舌を入れられ、恭介もそれに応えて舌をもつれさせて、激しいディープキスに興じていく。

その間も射精の快楽がずっと続いていた。

やがて注ぎきり、唇を離すと、由紀が優しい笑みを見せてきた。

「うれしかった。ウフフ。エッチな家庭訪問だったわね」

「す、すみま……うぷっ」

謝る前に、また唇で口を塞がれた。

濃厚なベロチューしてから由紀が再びキスをほどく。

「ウフフ。謝らないでいいわ……先生っ……ねえ、一緒にお風呂に入りましょ」

「あ、え……あ……は、はい」

湯船に導かれ、ふたりで入って抱き合い、キスをする。

いいのかな、と思いつつ、股間のモノはすぐに活力を取り戻していく。何発でもできそうほど元気がみなぎっていた。

第二章　欲しがる農家の完熟妻

1

「夏目せんせー、おはよー」

次の日の朝。

学校に行く途中、声をかけてきたのは担任するクラスの生徒、吉川愛理だった。

ギクッとした。

もちろん表情には出さずに、

「お、おはよー。あんまり走るなよ、転ぶぞぉー」

と、いつも通りに注意するのだが、内心はドキドキだった。

夫婦仲がよくないとはいえ、生徒のママを寝取った罪悪感が襲ってくる。

(だけど……由紀さんの表情は明るくなってた)

現に由紀からは、

「これで夫とおあいこ。なんとかやっていけそう」

と、言われていたのだ。

良いことをした、とは思えないけど、救いはあったはずだ。

と、自分に言い訳しているときだ。

「夏目先生、おはようございます」

振り向くと、香澄が後ろから歩いてきていた。

「おはようございます……」

自然と声が小さくなってしまう。

生徒のママと関係を持ってしまったのだから、後ろめたい。

「どうでした？　家庭訪問」

香澄に言われて汗が噴き出した。

「ど、どうって……いや、別に……その……」

焦っていると、香澄がきょとんとした顔をする。

「初めてなんでしょう？　家庭訪問。感想は？」

「え？　あ、ああ……い、いいですよね。家庭の事情がわかって」

「そうよね、私もそう思います」

そんな話をしながら学校に入ろうとすると、三年生の女の子が、血相を変えて走り寄ってきた。

「せんせー、堀田くんの内履きがなくなってる」

「内履き？」

香澄とふたりで行ってみると、恭介のクラスの生徒である堀田秋人が下駄箱の前で泣いていた。

元々引っ込み思案な性格であまり喋らないし、喜怒哀楽も出さないから、子どもたちの間では好かれるようなタイプではないなあと思っていた。

「なあ、秋人、忘れたんじゃないのか？」

優しく言うと、秋人は愚図りながらも、首を横に振る。

「じゃあ、あとで探してみよう。とりあえず職員室に行って、忘れたと言って内履きを借りて、今日はそれを履いていよう」

秋人は小さく頷いて、靴下のまま職員室に向かっていく。

「せんせー、あれ絶対に誰かに隠されたのよ。男の子たちがよくやってるもの」

クラスの女の子が不満顔をする。

「わかった。そのへんはあとで訊いてみるから。このことはあんまり大げさに言わないようにな」

駆けていく女の子に釘を刺してから香澄を見ると、じろりと睨んでいた。

「夏目先生。今の、どういうおつもりですか」

「えっ？　どうって……」

「きちんとクラス全員で話し合った方がいいと思いますけど、学級会とかで」

「いや、むやみに他の生徒にその話をすると、クラスがギクシャクしちゃうじゃないですか」

以前の学校では、そんなことくらいで学級会を開くことなんかなかった。

生徒の中に先生が介入するのは、よくないと教わっていたからだ。

だが香澄には通じなかったようだ。

「面倒くさいだけでしょう？　都会の学校では、忙しいから余計な仕事を増やしたくないってあったでしょうけど……こんなやり方は最低です」

香澄は怒ったまま去っていく。

（わざわざ大げさにしなくてもいいじゃん。当事者たちに注意すれば、それでいいん

だし……真面目だなあ)
だから田舎の学校は遅れてるんだよ、と思いつつも、香澄のタイトスカートのお尻が悩ましく揺れるのを見て鼻の下を伸ばしてしまう。

2

林の中。

茂みをかきわけて歩いていると、得体の知れない獣(けもの)の鳴き声が聞こえてきて、恭介は震えた。

(イノシシはいるけど、クマは出ないって、誰か言ってたよな)

今日の最後の家庭訪問先は、萩野雄斗(はぎのゆうと)の家である。

萩野家は果樹園をしているということで結構な山の中にある。

とはいっても、集落があるのだから大丈夫だろうと適当に歩いていたら、スマホのマップにすら出ない獣道になってしまい、大きな道路はないかと探していたら、わけがわからなくなってしまった。

(あれ？　もしかして、これって遭難？)

かろうじてスマホの電波のアンテナは立っているから、学校と連絡はとれる。

だけど、

「家庭訪問の途中で遭難しました」

と、学校に連絡するのは恥ずかしすぎる。

ちゃんとした道はないかと探していると、近くで、がさがさっと音がして、恭介は動くのをやめて息を潜めた。

(……やっぱクマじゃないか?)

とにかく考えた。

死んだふりはＮＧと訊いたことがある。

クマは動物の死骸も食べるので、死んだフリのまま食われることもあるらしい。

音のした方の茂みを見る。クマにしては白っぽい。白クマ？　まさか。

なんだろうと近づいたときだ。

(あれ？)

白いシャツに絣(かすり)のもんぺという野良着に、日焼けを防ぐための、つば広帽子をかぶったおばさんがいた。

(ずいぶんキレイなおばさんだなあ)

タレ目がちの双眸（そうぼう）に薄い唇。

優しげな顔立ちで、地味だけど美人だとすぐにわかった。

楚々とした熟女の色気が野良着を身につけていても、匂い立つようだった。

小柄だが、白いブラウスの胸はかなりのグラマーだ。

恭介は息を呑んだ。

（大きいな……由紀さんより大きそう）

二の腕や腰つきが、ムチムチしている。

豊満な肉体の熟れっぷりが、母親らしき包容力のある顔立ちと相まって、やたらとエロティックだ。

（もしかして、この人が雄斗ママ？）

だったら助かったと、声をかけようとしたときだ。

彼女はモンペに手をかけると、そのままパンティごとズリ下ろした。

（え！　お、お尻っ……おばさんの生尻が……デッ、デカっ）

無防備にさらされたヒップは、すさまじい量感だった。

ぷりんっ、としていて、視界からハミ出さんばかりの巨大さだ。

震いつきたくなるほど肉感的で、艶（なま）めかしい尻割れと相まって、あらぬ妄想をかき立てるほどの魅惑のヒップだった。

(も、もしかして……)

案の定だ。

女性がしゃがんだ股の間から、小水が勢いよく放たれた。

(美熟女が、お、おしっこしてるッ……)

恭介は目をそむけた。

それでも、シャーッという尿の音は耳に響き、アンモニアの甘ったるい匂いまで漂ってくると恭介は勃起してしまった。

なにせ、おばさんであってもかなりの美人だ。

可愛らしい顔が恥ずかしそうに赤らみ、白いお尻から小水が出るシーンはあまりに刺激的だった。もう目に焼きついてしまっている。

音がやんだ。

見れば、熟女はパンティともんぺを穿き直している。

手にティッシュを持っているから、それでお尻を拭ったのだろう。

(女の人がおしっこしてるの、初めて見た)

性癖が変わってしまいそうなほどの、悩ましい体験だった。

おばさんはこちらにまったく気づかずに、その場を離れようとしている。恭介はホッとした。だがそれで緊張が緩んで、小さな枝を踏んでしまった。

ぱきっ、という音が大きく響き、去りかけていた熟女が振り向いた。

「だ、誰？　誰かいるの？」

女性が叫んだ。

逃げようかと一瞬思ったのだが、あとでバレたらダメージが大きすぎる。

「誰なの？　出てこないと、大声出しますっ」

それはまずい。

恭介は急いで茂みをかき分け、顔を出した。

「ち、違うんですっ」

「え？　先生！　……夏目先生でいらっしゃいますよね」

「は、はい」

彼女は顔を赤らめながらも、怒った顔を少し和らげた。

「萩野雄斗の母親です。萩野文乃と申します」

「あ、ああ……雄斗くんのお母さん」

（やっぱりこの美人のおばさんが、雄斗のママか……）

近くでも見たら、優しげな顔立ちはもっと可愛い。

「でも先生……どうして、そんなところに？」

ハッとした。

とにかく誤解をとかねばならない。

「あの……道に迷ってしまって。そうしたら、その……文乃さんがいて……けっ、決して覗いていたわけではないんです」

藪蛇（やぶへび）だった。言わなければよかったと後悔した。

文乃はカアッと顔を赤らめる。

「わ、わかりましたっ。その先は言わなくて結構ですからっ」

文乃は帽子のつばで顔を隠すように、うつむいた。

「申し訳ありません」

謝ると、文乃は首を横に振る。

「いいんです。私がまわりを見ないで、しちゃったんですから。恥ずかしいわ。先生にみっともないところを見られて。こんなおばさんの……忘れてくださるかしら、いやだったわよね」

「え、い、いや……慌てて目をそらしましたから、見えてないですから……」

見えてない、と言うことは、何をしたかは知っているということだ。

文乃は耳まで赤くして、いやいやした。

こちらも何も言えなくなり、またふたりの間に気まずい空気が流れてしまう。

沈黙を破ったのは、文乃からだった。

「と、とにかくどうぞ、先生。急いで支度しますから」

文乃に導かれて、果樹園の道を下っていく。

3

着替えてきた文乃は、グレーのサマーニットに水色のフレアスカートという清楚な格好だった。

タレ目がちで、笑うと目尻にシワができ、それがとてもキュートだった。

黒髪も無造作に後ろで結んでいるだけだが、とにかく素材がいいので、地味目な農家のおばさんなのに、どうにもそそられる。

（すげー可愛らしいおばさんだな……）

四十歳と資料に書いてあったが、もう少し若く見える。

昔のアイドルが年齢を重ね、元来の可愛い雰囲気を残したまま、熟女の色香と人妻のいやらしさをプラスした、という感じだ。

上には高校生の長女、そして年の離れた小学三年生の雄斗がいる母親だが、とてもそんな風には見えない。

文乃がローテーブルの向かいに座り、グラスの飲み物を勧めてくれる。

「時間を間違えていて、ごめんなさいね。だから作業をしていたんです」

文乃が顔を赤らめた。

おしっこしているところを見られたのを、また思い出して恥じているのだろう。

（そんなに恥ずかしがられると、こっちもいたたまれなくなるな……）

緊張を隠すためにグラスの麦茶に口をつけ、ごくごく飲んだ。

「あら、そんなに急いで飲んで。暑かったですものね」

文乃が麦茶をついでくれる。

前屈みになったから、Vネックのサマーニットの胸が、ゆっさりと揺れるのが見えた。

その大きさに圧倒されて、とっさに目が胸にいってしまう。

（すげー、お、おっぱいの谷間がっ……やっぱり文乃さんも無防備で……い、いや、

違うな。胸が重たすぎて、重力でニットが引っ張られるんだ）

どうやら下垂したおっぱいは、サマーニットの生地では押さえきれず、必要以上に大きく開いてしまっているらしい。これほどの巨乳は初めて見た。

（ブ、ブラジャーも見える。ブラの色、白だ……）

おばさんらしい地味なデザインのブラだった。見せるつもりのない下着だろう。それが見えていることに興奮してしまう。

（ふわっふわの、熟女おっぱい……すげえ柔らかそう……エ、エロいっ……）

と、そのときだ。

「先生？」

文乃がきょとんとした顔をしている。ギクッとした。

「あ、ああ……すみません。暑くて、ちょっとぼうっとしてしまいました」

「クーラー入れましょうか」

文乃が立ちあがって、壁掛けのリモコンを操作する。

（だめだな……この前の由紀さんのことがあったから、エロい気分になってる。家庭訪問だぞ。生徒のことをちゃんと話さないと）

気を引きしめていると、

「これでどうかしら」

文乃が戻ってきてにっこりした。タレ目がちの瞳がすごく優しげだ。

「え、ええ……大丈夫です。それで、雄斗くんのことですが」

そこから雄斗の学校での話をひととおりした。

とはいえ、雄斗は少し粗暴なところがあるにせよ、特別に問題という問題はなかったのでそんなに話すこともない。明るいし、友達も多い。成績も悪くない。

なので、雄斗の話が広がらなくなると、話は恭介のプライベートのことになる。

「じゃあ先生はおひとりで、東京から……」

「ええ。まあ、そうですね」

「こんな田舎に大変ね」

「そんなことないですよ。初めてのことばかりで楽しいですし」

生徒のママたちと会話すると、大抵最後にはこちらのことを訊いてくる。みな、独身の恭介に興味津々というか、世話を焼きたいようだった。「いい人がいるけど、どう？」なんて、お見合いみたいなことを言われたこともある。

「独り身は寂しいでしょう？　どうかしら、よかったら私に相談してみて。私、隣町で保母さんをしてましたから、若い後輩の保母さんの子も知ってますのよ」

文乃も世話焼きだったかと心の中で苦笑した。

「そのときは、お願いします」

恭介が笑うと、文乃もクスッと可愛らしく笑みをこぼす。

(じゃあ文乃さんが慰めてくれたらいいのに……なんて……)

勝手な妄想していると、なんだか妙に身体が熱っぽく感じた。

(なんだろう。へんだな)

そのうちに話をしているのもしんどくなってきて、

「すみません、ちょっと洗面所お借りします」

と、立ちあがったときにフラついた。

「先生、大丈夫ですか？　お顔の色が悪そうよ」

文乃が心配そうな顔を見せつつ、洗面所の場所を伝えてくれた。

そのときだ。

「ごめんねえ、萩野さん」

と、玄関から声が聞こえた。

「近所のおばあちゃんだわ。ちょっと出てきますね。先生、無理なさらないでくださいね。少し横になってもいいから」

そう言いながら、文乃は玄関に向かう。

恭介は言われたとおりに歩いて、洗面所のドアを開けて中に入る。

鏡を見ると、かなり顔がくたびれていた。

(ここのところ忙しかったし、今日もずっと林の中を歩きまわって、へとへとだ。まいったな、くらくらする……ん?)

洗面台の隣にドラム式の洗濯機があり、その前に洗濯籠があった。

(あ、文乃さんの脱いだ服……)

さきほどまで着ていただろう、文乃のもんぺと白い長袖のブラウスという野良着が、畳まれて置かれていた。

さらには、だ。

その下にココア色のブラジャーとパンティがちらりと見えた。

(し、下着が……見えてる。脱ぎたてのブラとパンティ。む、無防備だ)

心臓がバクバクと音を立てた。

股間がグッと持ちあがる。

(まだ玄関で話してるな)

おばあちゃんは耳が遠いらしく、ここまで話し声が聞こえる。

恭介はじっと下着を見た。

（そうだ。見えてるから服に隠そう。そうそう、そうしよう）

自分に言い訳して、深呼吸した。頭がくらくらする。

正常な判断ができなくなっている感じだ。

（へんだ……俺……どうして？）

とんでもないことだとわかっていながらも、恭介は息を殺して震える手で洗濯籠（かご）に手を伸ばす。

畳まれたブラウスをめくると、ココア色のパンティとブラジャーがまさに脱ぎたてという形で置かれていた。

もう理性が利かなくなっていた。

あれほどの美人のお母さんの、脱ぎたてほやほやの下着が目の前にあるのだ。興奮して頭が痺れているままに、ブラジャーをそっと手に取った。

（カップがめちゃくちゃ大きい……ああ、まだあったかい……文乃さんのおっぱいのぬくもりが……）

地味なデザインの下着を裏返すと、乳首が当たるところが柔らかくすべすべしている。タグに「G」の文字があり、恭介は鼻息を荒くする。

（じ、Gカップ……！）

重量感たっぷりのおっぱい思い出しながら、そっとカップに鼻を近づける。

ミルクのような甘い匂いと、汗の匂いがした。それ以上にむせ返るくらいの、濃厚な女の柔肌の匂いを感じた。

もうとまらなかった。

ブラジャーを洗濯籠に戻した恭介は、次に小さく丸まったココア色の小さな布をつまみあげる。

四十歳といえば中年のおばさんだが、文乃は、そんなおばさんとは言いがたい美しい女性で、そんな人の脱いだばかりのパンティだと思うと、くらくらとめまいがするほどの性的な昂ぶりが襲ってきた。

（ヘンタイだよな……パンツに興奮するなんて……）

だが欲求はとまらない。

畳んであったパンティを指で広げ、まじまじと眺めた。

（ちっちゃい……あんな大きなお尻なのに……）

クロッチの部分を眺めると、わずかに付着物があった。透明な粘着性のシミがうっすらと中心部に浮いている。

（こ、これ……）

股布を手のひらで広げて顔を近づけてみる。汗と甘い体臭の中にわずかにアンモニアの匂いがした。

（美人ママさんのおしっこの匂い……したばっかりだったもんな）

甘ったるい背徳の匂いが、興奮をさらに煽ってくる。

しかもだ。もう一度嗅ぐと、アンモニアに混ざって獣じみた匂いが漂ってくる。

（これ……文乃さんのおまんこの匂いだ……）

濃い淫臭だった。

クロッチの染みに指を当てる。ねっとりしていた。股間がズボンを突き破りそうなほど昂ぶり、ハアハアと息苦しくなっていく。

そして……そのまま倒れ込んでしまう。

（へ？　あれ？　た、立てない……）

まずい。手には文乃さんのパンティが……そのことを考えると、必死に頭を振ってなんとか立ちあがろうとするのだが、気ばかり急いて、どうにも力が入らない。

そのときだった。

ガチャッと背後で音がした気がした。

「先生っ！　先生……」

うすれゆく意識の中で、文乃の声が聞こえた。

（ち、違うんです。このパンティは落ちていたから……）

そんな言い訳を口ごもるが、おそらく文乃には届いてないだろう。

4

（ん？）

目を開けると、見覚えのない天井があった。

「気がついたんですね。よかったわ」

声がした方に向けば、目の前に正座している女性の膝小僧があった。

文乃がニッコリと微笑んでいた。

「あ、あれ……僕は……」

慌てて起きあがろうとしたら、文乃が肩を押さえてきた。

「いいんですよ、先生。無理に起きようとしないでくださいな。今ね、近所の診療所の先生に来てもらったんですよ。そしたら過労だから寝てれば治るって」

「ご迷惑おかけして……少ししたら、帰りますので」

「あら、先生。今日は泊まっていってください。学校には伝えておきましたから。明日はお休みでしょう？　それともお仕事があるのかしら」

段取りよくやってくれていたので驚いた。

「いえ、仕事は……戻って日誌を書くくらいでしたから。今何時ですか？」

「六時です。今日、長女は部活で、夫も夜遅いし、雄斗もそろばんの塾に行ってて八時くらいまで帰ってきませんから……気になさらないでください」

ふいに、気を失う前のことがおぼろげに思い出されてくる。

(生徒のお母さんのパンティを握りしめて倒れたんだよな)

「落ちていた」なんて言っても無駄だろう。

顔が熱くなってきた。今さらながら、とんでもないことをしたと後悔した。

「あら、先生……顔がすごく赤いですわ。苦しい？」

横にいた文乃が、手のひらを額に当ててきた。

(気持ちいいな……って、そんな場合じゃない。早く謝らないと)

だけどタレ目がちな優しい目に見つめられると、ドキドキして、何も言えなくなってしまう。

罪の意識で目が合わせられないので、つい下を見たときだ。

(あっ)

正座しているから、膝丈のスカートの裾がズレあがっている。

ムッチリした肉感的な太ももの秘めたる内側が、半ばくらいまで見えていた。

ストッキングを穿いていないナマ脚だった。

(ふ、太もも……ムチムチだっ、あっ!)

さらにはくっつけていた膝がわずかに離れ、内ももどころか、ちらりと白いものが見えた。

(文乃さんのパ、パンティ……)

慌てて目をそらした。

だが彼女はその視線に気づいたらしく、ハッと膝を閉じた。

「先生ったら、もう……」

「い、いや……違うんですっ」

何も違わない。もうダメだ。

懲戒免職だ。

だが、そのあとの怒りの言葉を待ったが、降りてこなかった。

そっと文乃の顔を見れば「ウフフ」と笑っている。

「ちょっとショックだったんですよ。先生が、私の……下着を持っていたなんて。拾ったのかなとも思ったんですけど、服の間に入れておいたので」

文乃が目の下を赤らめながら言った。

もう恥ずかしくて、どうしたらいいかわからないから、うなだれた。

「す、すみません。僕はなんてこと……恥ずかしいです。教師失格です」

「でも、先生」

「はい」

そこまで話してから、文乃は恥ずかしそうに言った。

「先生……聞かせてください。私の、その……脱いだばかりの下着を……何に使おうと思ったのかしら」

(はい？)

幻聴だろうか。何度も目を瞬(またた)かせる。

「今、つ、使うって言いました？」

「ええ。こんなおばさんの下着、どうするのかと思って」

「そ、それは……」

恭介はおろおろしながらも、正直に言おうと口を開いた。

「……そ、それは……ちゃんと戻すつもりでした……楽しんでから」

「楽しむって？」

文乃がまじまじと見つめてくる。

（これ、羞恥プレイなのかな？）

恥ずかしいことを言わせようというのだろうか。文乃は「うーん」と唸った。

「不思議なんです……四十路の田舎のおばさんの下着なんて、先生みたいな若い男の人が興味を持つものなんでしょうか？」

それでピンときた。

（マジか……この人は、自分の魅力に全然気づいてないんだ）

素朴だ、と思った。

都会にいたら、四十歳とわかった上でもナンパされそうな美貌である。

でもここではちやほやするような男がいないのだ。

「不思議じゃありません。文乃さんは、美人だし。スタイルもいいし……」

「私？　私なんか、ただのおばさんでしょう？」

「そんなことないですよ」

「……まあ、いいですわ。よくわかりました」

文乃が耳まで赤くしながら、目を向けてくる。

「ねえ、先生」

「は、はい……」

言葉を待っていると、文乃は正座したまま、つらそうに眉をひそめる。

「……私の下着を楽しむっておっしゃいましたよね。一日穿いていたパンティの匂いを男の人に嗅がれるなんて……こんなおばさんでも、すごくつらいんですよ」

「す、すみません」

「でも、ちょっとうれしいかも……」

文乃が潤んだ瞳を向けてきた。

（は？　やっぱりおかしいぞ、文乃さん……）

恭介は息を呑んだ。

文乃はいよいよ艶めかしい目をしてきたからだ。

「……もしかして……ご覧になりたい？　私の裸……」

刺激的なことを言われ、思わず文乃の身体を舐めるように見てしまった。

「それは……」

口ごもった。見たい。見たいに決まっている。

だが、文乃の真意が読めなかった。

(ご覧になりたいって……見たいと言ったら、怒られるのかな)

わからないままに見ていると、文乃がクスッと笑った。

「……ごめんなさい。おかしなことを訊いて。うれしかったのはホントなんですよ」

「え？」

「だって、農家の……地味な四十の子持ちのおばさんですもの。若い男の方に興味があるなんて言われたら……勘違いしてしまいそう」

はにかむ表情も可愛らしかった。

思いきって、口を開いた。

「文乃さん……裸、見たいです。本気です」

教師とは思えぬ言葉を口にすると、文乃は少し逡巡してから、前屈みになって恭介の耳元まで、口元を近づけてきた。

「……悪い子ですね……いいわ」

耳をくすぐるような、いやらしいボイスだった。由紀には「いけない子」と言われた気がする。田舎の人妻はそういう男が好きなのだろうか。

文乃はニッコリしながら美貌を近づけてきて、優しく唇で恭介の口を塞いだ。

（キ、キス……いきなりっ……）

大きく目を見開き、固まった。

キスをほどいた文乃が、眉をひそめる。

「あら、きょとんとされて……こんなおばさんのキスなんて、いやだったわよね」

恭介は慌てて首を横に振った。

「そ、そんなわけないですっ！　びっくりしちゃったんです……文乃さんみたいなキレイなお母さんに、キスされて……」

「ウフッ。よかったわ。ねえ、先生……私にも言い訳させてもらえるかしら……ウチの主人、私と二十近く年が離れているのよ。今年で六十」

「え？　そ、それはまたずいぶんな……」

「主人のことが好きなのは間違いない。でも高齢でしょ？　その……もう無理なのよね、そういうこと」

これだけの美しい奥さんなら、六十でも勃つと思うが、そこは長年連れ添ったという家族的な愛情に変わった部分もあるのだろう。

「それを言い訳にしたくないけど……でも私にも、お願い……久しぶりに……先生がそんな風に思ってくれていて、いやじゃなければ……」

またキスをされた。

今度は受け入れができていたので、目をつむって柔らかな唇の感触を味わった。

(ぷるぷるしてる。なんて柔らかいんだろう)

さらさらとした絹のような黒髪が鼻先を撫で、甘くて濃厚な熟女の匂いが鼻孔を満たしてくる。

うっとりして口元を緩めると、温かく濡れたものが差し込まれてきた。

(あっ……舌だ……ディープキスっ)

舌が触れ合い、こすれ合うと、それだけで興奮がピークに達した。

「ンッ……んむっ……」

ねっとりした舌と舌をからませつつ、恭介は喉奥で呻いた。

口づけをしながら文乃の手が布団を剝ぎ、ズボン越しの股間を撫でてきたからだ。

竿の大きさや太さをたしかめるような淫靡な手つきに、敏感な部位は早くも反応してしまう。

(優しいお母さんの雰囲気なのに、こんなに大胆な触り方でチンポを……)

早くも息があがってきた。

文乃はキスをほどき、上体を起こしてウフフと笑う。

そして正座したまま、恥ずかしそうにニットの裾に手をかける。

「四十路のおばさんの身体ですから、がっかりしないでくださいね」

ニットをめくりあげると、白いブラに包まれた大きなふくらみが、ふるんっ、と揺れて現れる。

大ぶりのメロンのような巨大な乳房は重たげに垂れ下がり、白いブラジャーが包み込んでいるのに、端(はし)からこぼれ落ちそうだ。

「す、すごい……」

もう寝ている場合ではない。

布団から起きて、目を皿にようにして眺めた。

「あんっ……もうっ……先生の目、もっと見せろって言ってる……」

文乃は色っぽいため息をついてから、おずおずと背中に手をまわす。

ブラジャーのホックが外れて、カップが緩んだ。

(うわわわっ)

鼻息荒く、おっぱいを凝視した。

ふくらみは、わずかに垂れてはいるものの、四十歳とは思えぬ張りがあった。

白い乳肉に静脈が透けているのもエロかった。乳輪は大きめで、乳頭部はツンとせり出している。

乳首は薄茶色の色艶をしていた。

「いやだ、そんなにじっくり見ないでください」

恥じらい、拗ねた顔は、まるで少女のように可愛らしかった。

ハアハアと息を荒げた恭介は、おっぱいに顔を近づけるように身を乗り出した。

「いいですわよ、触ってみて……どうぞ」

目の下を赤く染めながら、文乃がおっぱいを差し出した。

おずおずと手を差し出し、めいっぱい広げて指を乳肉に食い込ませると、想像以上に柔らかくてどこまでも指が沈み込んでいくようだった。

(うわっ、あったかくて、すべすべで……それでいて弾力もあって……)

手に余る大きさの乳房をさらに揉むと、ずっしりした量感が手のひらに伝わってきて、己の鼓動が速くなる。

「ウフフ……初めておっぱい触った男の子みたいですね。どうですか?」

「柔らかくて、すごく熱くて」

今度は両手で強く揉みしだいた。

「あんっ」

文乃が口元に手をやって、ビクッと震えた。続けざまに揉むと、

「あんっ……んっ」

人妻がクンッと顎を上げ、口元を手の甲で覆った。

普段は優しい母親の、色っぽく悩ましい声を聞いて、恭介の股間はさらにビンビンに張りつめる。

「き、気持ちいいんですか？」

揉みながら訊くと、文乃は静かに頷いた。

「いいですわ、すごく……先生……私のおっぱい、好きにしてもよろしいのよ……」

「は、はい」

言われるがままに、揉みしだき、さらに指で乳首をいじると、

「んっ」

口唇から甘い喘ぎがこぼれて、人妻の身体がピクッと震えた。

(乳首、感じるんだ……)

軽く乳首をつまんで、引っ張った。

「あん……」

しどけない声を漏らした文乃が、また顎をそらした。

目を細め、つらそうにしている表情は、まさにアダルトビデオで見た女優の感じている顔そのものだった。

「いやっ……私の感じてる顔をそんなに覗き込んで……あんっ」

正座しているのがつらくなったのか、文乃がぺたりとスカートの尻を落とした。

そのまま覆い被さり、布団に押し倒して乳首に吸いついた。

「ああんっ……」

文乃が肩を震わせて悩ましい声を放つ。

薄茶色の乳首は、汗っぽい味に混じって、甘いミルクの味がした。

もうとっくに母乳は出ないだろうに、妙に癒やされる味だ。

「ウフフ。甘えんぼさんですね。男の人って、おっぱい好きよね」

本当のママのような包容力に、恭介はのめり込んでいく。今度はもう少し強く、チューッと乳頭を吸う。

「ぁああん……だ、だめっ……」

人妻は背中をのけぞらせて、気持ちよさそうな喘ぎを見せる。

(おっぱい、感じやすいのかな……ああ、たまらない……雄斗のお母さんを、自分のものにしたいっ……このおっぱいも俺のものに……）

恭介は乳首に吸いついて、舌先でねろねろと舐め転がした。

舌の感覚で、乳首がシコっていくのがわかる。

「あ……乳首が……硬くなって……」

煽ると、四十路の熟女が泣きそうな顔をする

「先生っ……意外とイジワルなんですね」

ぷいと横を向く。怒っていても、乳頭部を丹念に舌で愛撫すれば、

「んッ……んッ……」

と、唇を嚙みしめて、こらえた表情を見せてきた。

先ほど感じた顔を見られたのが、よほど恥ずかしかったのだろう。

だが、感じまいとする表情もそそる。

たまらなくなって、さらに舌を動かす。

薄茶色の乳頭部を、ねろりねろりと舐め尽くし、唾液まみれにしていくと、

「あっ……あっ……」

人妻はこらえきれない様子で、うわずった声を漏らし、ビクッ、ビクッと腰を震わせはじめる。

恭介はしつこく舌を走らせる。

と、そのうちに、文乃の様子が変わってきた。

「ん、あっ……あっ……ああ……だめっ……」

声がさらに甲高(かんだか)いものになってきて、表情が今にも泣き出しそうな切実なものになってきた。

「だめっ……ああんっ……私、もう……」

文乃は乳房をつかんでいた恭介の手を取ると、自分の下腹部に導いていく。

「……先生、こっちも触ってみたいんでしょう?」

ハッとして文乃の顔を見れば、とろんとした目を向けてきていた。

5

内ももに触れた手を、ゆっくりと撫であげていく。

スカートが大きくまくれて、パンティが見えた。ブラとおそろいの白で、フロント部分にひかえめなレースの縁取りがされている。

太ももの付け根を持ち、足を開かせたときだ。

（おおっ……）

心臓が飛び出すくらいに、バクバクした。

股布に舟形の濡れジミがあった。

指でそっとシミをなぞるだけで、じわあっと大きく広がっていく。

「あんっ……いやっ」

文乃が太ももを閉じようとする。

だが、それを肘で押さえつけて、じっくりと眺めた。

「だめっ……私……思ってたより感じちゃって……こんなに濡らして、みっともないですわ」

「そんなことないですっ。うれしいです」

夢中になってパンティに手をかける。

恥丘に茂る黒い繊毛が現れる。

三十歳の由紀と比べると、かなり濃い恥毛だ。パンティを爪先から抜き取り、再び膝をつかんでぐいと開いた。

「ああっ……」

文乃がため息交じりの喘ぎをこぼす。

股の中心部に、蘇芳(すおう)色のワレ目があった。

小陰唇のビラビラは由紀よりも、もっとくすんだ色をしていた。

「ああン……そんなにじっくり見るなんて……私、男の人に見られるのは久しぶりなんです。あんっ……どうしよう……」

狼狽(うろた)えている熟女は可愛らしかった。

だが、そんな表情とは裏腹に、亀裂はもうぐっしょりだ。

(すごい……蜜でテカってる……)

差し込んだ指でスリットをなぞると、襞が柔らかくなって潤み具合が増していく。

「あんっ、ちょっと……ン、ンフッ……」

文乃の腰が揺れている。

完璧に感じている。表情をうかがうと、困ったように眉根を寄せて、ハアハアと甘い息をひっきりなしにこぼしている。

温かな粘膜をいじっていると、その下に排泄の穴も見えた。

(お尻の穴まで……ああ、文乃さんの全部が見たいッ)

目を血走らせて、そっと排泄穴を指でまさぐると、文乃が上体を起こしてきた。

「そこは違います……あんっ、先生……やんちゃはよして……」

いやがっているが、その恥じらいが可愛らしい。

しかもお尻の穴をいじっていると、太ももにまで愛液が垂れてきた。

(恥ずかしいことされると燃えるんだ……マゾ気質ってやつかな)

由紀のときよりは、少し落ち着いて観察できた。

あのときできなかったこと……と考えて、秘部に顔を近づけていく。

「先生……何を……あっ!」

舌で触れた瞬間、文乃はビクッと大きくのけぞった。

酸味の強い味が口中に広がる。

(おまんこって、こんな味なんだ)

もっと舐めた。

「いきなり舐めるなんてっ……先生……着替えただけでシャワーはまだ浴びてなくて、私、ずっと外にいたから汗とか、匂いも……ああんっ」

「文乃さんの匂いなら、ずっと嗅いでいたいです。おしっこも汗も全部欲しい……」

「先生っ……そんな……あ、あんッ」

奥を舐めると、また文乃が腰を震わせた。

今度はムンとした牝の匂いが強くなってくる。

（文乃さん、興奮してきてるな……）
舌を奥まで這わせると、ちゃっ、ちゃっ、と水音が大きくなっていく。
もっと舐めたいと、恭介は小さな穴に舌先を差し入れた。
ぬぷぷっ、と舌が穴に潜り、
「あんっ！　せ、先生……いやっ……中まで舐めるなんてっ……ああんっ」
文乃の手が、股間にある恭介の頭を押し返そうとする。
だが、ぬるぬるした内部を舐めまわしていると、
「あっ……あっ……はああん、そこはだめっ……あんっ……だめぇぇ……」
言葉とは裏腹に膣口はうれしそうにキュッと締まってくる。
夢中になってスリットの上部も舐めると、小さな豆粒が舌先に当たった。
（クリトリスだ……）
ここが感じる場所だとは、経験の少ない恭介にもわかっている。
（由紀さんは、クリでイキそうになったんだ。よーし……）
舌を抜き、今度は小さな陰核に狙いを定めて唇でチュッと吸いあげれば、
「あんッ……！」
文乃が短く叫んだ。色っぽい熟女ボイス。たまらない。

もっと丹念に舐めしゃぶっていたときだった。

「だめですってば……ああんっ……先生……イッ……イクッ……」

見れば、文乃の腰がガクンガクンとうねっていた。

（え？）

ハッとして舐めるのをやめて文乃の状態を見れば、ぐったりしていた。

「あの……もしかして……イッ……たんですか？」

おそるおそる訊くと、人妻は、ちらっとこちらを見てから視線を外し、ギュッと目をつむってから静かに頷いた。

「……イキました……だって、先生……全然やめてくれなくて……」

恨めしそうに唇を噛む文乃が、可愛くて仕方がなかった。

（も、もう入れたい……）

一刻もガマンできなかった。

ズボンを下ろそうとベルトに手をかけたときだ。

玄関から、

「ママー！　まだ夏目先生いる？」

と、雄斗の声が聞こえてきて、ふたりは慌てて乱れた服を直すのだった。

6

次の日の早朝。

「先生っ、そんな……いいですのに……」

白いブラウスに絣（かすり）のもんぺという野良着に、つば広帽子を被った文乃が、申し訳なさそうに言った。

「いや、いいんですよ。運ぶだけですから」

恭介は葡萄（ぶどう）の入った籠を持って、果樹園の奥まったところにある小屋に運んだ。

結局、一泊させてもらった。手伝うのは当然だ。

「申しわけないですわ、先生……」

文乃も小屋に入ってきた。

ふたりで見つめ合う。

人妻は抱かれることを意識している。ふたりの間の空気が、昨日よりもうんと濃密なものに感じた。

（なんせ、昨日はあと一歩でお預けだったもんなあ）

昨晩は、高校生の長女と旦那は帰宅しなかった。

次の日が休日なので長女が友達のところに泊まるのはわかるが、旦那が帰ってこなかったのは……やはり夫婦間で何かがあるように感じた。

（寂しいのは、旦那が高齢ってだけじゃないんだろうな……なんかそこにつけ込むような気もするけど……）

いや、でも……。

由紀もそうだったが、文乃も望んだことだ。

「先生……」

見あげてくる文乃が、たまらなく色っぽかった。

睫毛が長く、目尻が少し垂れた優しげな目。

困ったような、甘えるような表情をされては、もうどうにかなってしまいそうだ。

「あ、文乃さん……」

雄斗はまだ早いから寝ている。チャンスだった。

夢中になって人妻を抱き、くるりと背中を向かせて、大きな柱をつかむように言って、もんぺのお尻を突き出させた。

（ああ、大きいお尻っ）

手を伸ばし、もんぺとともに、ベージュのパンティも一緒くたにして、くるくると剝き下ろしていく。

目に染みるような、まばゆい白さの尻丘が露出した。

立ちバックの姿勢にさせ、ズボンのファスナーを下ろして、パンツの中でギンギンになっていた勃起を取り出して、呼吸を整える。

誰もいない小屋とはいえ、朝から農作業をしている人妻を抱くことに、震えるほどの背徳を覚える。

だが、これも奥さんの寂しさを埋めてあげるためだと詭弁(きべん)を頭に描き、もんぺを下ろしたおばさんのお尻を指で撫でた。

「あ、あんっ」

のけぞり、ヒップを揺らめかす文乃の股は濡れていて、濃厚な牝の匂いがした。

思いきって亀頭部をとば口に押し込んだ。

「あ、あんっ」

文乃の紅唇から、嬌声(きょうせい)がこぼれる。

愛液で潤った膣粘膜に、亀頭がくるまれて甘く締められた。

「あん、大きい……先生の硬くて……」

柱を握りながら文乃が呻いた。

肩越しに困ったような涙目を見せてくる。

「つらいですか？」

思わず訊くと、文乃は首を振った。

「だ……大丈夫ですよ。でも恥ずかしいですわ……こんな大きなお尻……」

「そんなことないです。セクシーですっ。だから、その……バックからしたいなって思ったんですから」

正直に言うと、

「もう……私のお尻をそんな風に……いやだわ、先生……」

恥ずかしそうな表情がたまらなかった。

ググッと無理矢理に腰を押しつけて、脈動する勃起を奥まで埋め込んでいく。

「あ……あんッ……だめ……やっぱりすごいわ……ああん」

文乃は艶めかしい表情で、大きくのけぞった。

見下ろせば、白く悩ましい尻の狭間(はざま)から、愛液やガマン汁でぬらついた怒張が、出たり入ったりを繰り返す。

「あっ……ああっ……す、すごい……せ、先生のオチンチン……ああんっ」

人妻の肉襞が締めつけてくる。

激しいピストンに翻弄されて、少しずつ快感に押し流されていく美熟女のせつなげな表情もいい。

「た、たまりませんよっ」

ぬぷっ、ずちゅっ、ずちゅ……。

激しくピストンを繰り返せば膣奥から愛液があふれ、淫靡な水音を奏ではじめる。

気持ちよすぎて、とまらなかった。

恭介は背後から手を前にやって、文乃のブラウスの前ボタンを外し、ブラジャーに包まれた乳房を露出させる。

ブラカップをズリあげ、豊かなふくらみを好き放題にこねくりまわして、尖った乳首もキツくつねりあげる。

「ああんっ……そんなっ……激しくなんてっ」

咎めるような目で見てくるも、文乃の美貌はみるみる真っ赤に火照っていく。

(あれ？　強くされるといいんだっけ？　そうだマゾ気質……)

恥ずかしいことをされると、感じるのは昨夜でわかっている。

だったらもっと乱暴にしようと、人妻の腰を両手でつかみ、奥までをがむしゃらに突きまくった。

「あっ！　ああっ、乱暴にしちゃ……だめっ……先生、私また……イクッ……」

案の定、いいらしい。

(イッたところ……見たいっ)

そう思いつつ、バックで責め立てているときだった。

スマホの着信音が鳴って、恭介はハッとした。

文乃の胸ポケットのスマホだ。彼女が取り出したので見れば、画面に旦那の名前が表示されていた。

「文乃さん……旦那さんの電話に出た方が……何かあったら……」

言うと、人妻は、肩越しに目を細めてきた。

「わかりました。でも先生……やめないで。声を出さないようにするから続けて……」

予想外の言葉に驚いた。

しかも、電話に出る前に肩越しにキスをねだる仕草までしてくるのだ。

背徳に震えつつ、唇を押しつけて舌をからめた。

瑞々(みずみず)しく甘い唾液を交換しあってから、文乃は電話に出た。

「……もしもし……あなた……？　どうされたの？」

人妻は旦那と電話しながら、バックから犯している男を見た。

その目つきがなんとも妖しい被虐をたたえていて、ゾクゾクするほど興奮してしまった。

(他の男とセックスしながら、旦那と電話するなんて……)

だが、その背徳的行為が興奮するのだろう。

膣口が今までになく強く締まり、搾り立ててくる。

興奮に頭が痺れた。

もっと突いたときだ。

「あ、あんッ……ん！」

妖しい声を出した文乃が、慌てて通話口を塞いで睨んできた。

「あん、もう……先生ったら……そんなに激しく……」

スマホからは、「どうした？」と、旦那の声が漏れ聞こえてくる。

「なんでもないんです……あっ……あなた……それで、いつ帰ってくるんですか」

驚いたことに、文乃はヒップを誘うようにくねらせていた。

危険なスリルを文乃も味わっているのだ。

(よおし……だったら……)

旦那と電話している人妻を、さらにバックから激しく犯し抜く。

何度かストロークしたあとだった。

「あっ……あなた……ちょっと待ってて……んうっ」

通話口を手で塞いだ文乃が、ガクガクと腰を震えさせた。

(えっ……文乃さん……旦那と電話しながら……イッ……イッた?)

見れば人妻は美貌を紅潮させ、よがり泣きを必死にこらえている。

その様子が、恭介を欲望の渦へと引きずり込んでいく。

「電話しながらイクなんて……そんなの見たら、やばい……出そうですっ」

小声で言うと、文乃は目を細めてくる。

「あんっ。夫と電話中の、このタイミングで私の中で射精したいなんて……」

「でも、ガマンできなくて」

「わかりました。怖いけど、私も久しぶりに男の人のを味わいたいんです。先生、注いで……私の中に……」

驚いて、息がつまった。

「い、いいんですか?」

「よくはないけど、でも男の人のが欲しいの……ちょうだい。私のおまんこの中に」

淫語でおねだりする熟女が色っぽかった。

（禁断の中出し……）

興奮は、もうとまらない。

パンパン、パンパンと、勢いよく立ちバックで貫いたときだ。

「くうっ。だめだ。出ますっ」

宣言した瞬間だ。

ものすごい勢いで精液が噴き出していく。

「あンッ……すごい……先生の種づけ、すごいわっ」

人妻がビクンビクンと震えた。

「ん？　どうした？　誰かいるのか？」

スマホから旦那の不審そうな声が聞こえてきた。

文乃は通話口を押さえていた手を外す。

「い、いないわよ……誰も……今、葡萄の収穫中なの……」

夫以外の濃厚な精液を浴びた人妻は、汗ばんでぬめったヒップを震わせて、夫との罪深い会話を続けるのだった。

第三章　ギャル妻の甘美なミルク

1

家庭訪問なんか、最初はいやだった。

東京の小学校では、

「ウチの子の成績があがらないから担任を変えろ」だの、

「○○くんはウチの子に悪影響だから、転校させろ」だの、

「学芸会のウチの子の配役に納得いかない。選考基準を見せろ」

なんて様々な親たちからのプレッシャーで、身体を壊すまでになったのだ。

だから、わざわざこちらから生徒の親に会いに行くなんて、どんなドMな仕打ちなんだと思っていた。しかし、いやいや訪問してみれば、なんのことはない。

田舎の家は、どこの親も「ウチの子が先生にご迷惑かけてないでしょうか?」と、神妙な顔で訊いてくるのである。

拍子抜けだった。

なんなら、

「言うことききかなかったら、好きなようにしかってくださいね」

なんて、にこやかに言うママもいた。

それに加えて、由紀と文乃である。

タイプも年齢も違うが、どちらも可愛い人妻で、まさか家庭訪問で関係を持つなんて……。

ウハウハな日々である。

なのだが、こういうときに限って本命とはうまくいかない。

「すみません夏目先生。お忙しいところ。例の件……その後の進展は?」

職員室でパソコンを叩いていると、香澄が近寄ってきて耳元でささやかれた。

「い、いや、まだ何も……」

じろりと睨まれた。

「言いましたよね、イジメの件。学級会とかで話し合ったほうがいいって」

「イジメって……まだそんな段階では……」

香澄を見ると、胸のところを両手でクロスして隠していて恭介はへこんだ。

「遠山先生、僕のこと、そんなに警戒しなくても……」

「するに決まってます。いつもエッチな目をしてるんですから」

「こ、声が大きいです」

恭介が人差し指を唇の前に立てると、香澄が「あっ」という顔をして手で口を塞ぐ。

教頭がこちらを見ているので、恭介は声をひそめた。

「いつも見てるわけじゃ、ありませんから」

「そうですかねえ」

香澄が疑いのまなざしで見つめてくる。

「今朝もエッチな顔、してましたけど」

「いや……エッチな顔なんて、してないですって」

とても職員室で教師同士が話す会話とは思えない。

(だけど、なんでこんなに香澄ちゃんはムキになるんだろう)

やけにこちらを意識しているような気がするが、まあ気のせいか。

「とにかく……問題の早急な対応を求めます。イジメにならないように、頑張ってください」

それだけ言うと、胸を隠したまま去っていき、自分の席に戻るのだった。

(なんか頑張ってって言われたぞ)

怒られているのか、励まされているのか。

好意を持たれているのか、嫌悪されているのか。

どうもわかりづらい子だ。

2

由紀が結婚する前は保母さんだったと聞いていたので、

「保育園でイジメとかあったらどうしたか」と、訊いたところ、

「イジメられている生徒のことを、よく知ること」

と、言われた。確かにそうだと思った。

ということで、内履きを隠された秋人の家に特別に家庭訪問することにした。

特別に、というのは理由がある。

秋人の母親である堀田梨奈(りな)は、駅前にある小さな居酒屋に夕方から勤めており、出

勤前の午後はいろいろ忙しいというのである。

なので、その居酒屋の営業時間後に、居酒屋まで訪問することになった。

(こんな遅い時間なんだけど、いいのかな?)

十一時をまわったところである。

居酒屋に入ると、すでに椅子などがテーブルにあげられていて店は閉まっていた。

「あっ、先生。悪いね、遅くに」

奥からひょっこりと顔を出したのは、金髪ショートに小麦色の肌の、見事なギャルだった。

(へ? これが母親?)

ぱっちりしたくりくり目がキュートで、派手なメイクを差し引いても、かなりチャーミングなギャルである。

「あ、秋人くんのお母さん、ですか? 夏目です」

「ああ、やっぱりせんせー。お母さんなんて他人行儀。梨奈でいいよ。まあ座って」

十分に他人だと思うんだが……と頭の中で突っ込みつつ、完全にペースを握られたまま、恭介は奥の大きな座敷に座った。

すでに他のスタッフは帰ってしまっていて、誰もいないようだ。

テーブルを挟んで、梨奈が座ろうとした。

(しかし、すごい格好だな……)

薄いTシャツに、太ももどころかパンティまで見えそうなタイトミニだ。

と、思っていたら、座った瞬間にヒョウ柄のパンティが見えた。少なくとも、小学生ママのパンティという感じではない。ドキッとした。

「やん、せんせー。見えた？　今日のショーツ、可愛いっしょ」

ちらりとスカートをめくったので、もろに見えた。パンモロだ。ギャルのパンモロはうれしいが、バレてしまったのは痛い。

「み、見るつもりは……」

戸惑っていると、梨奈はニヒヒと笑った。

「正直ねえ。見てないって言えばいいのに。せんせー、可愛いね。いくつ？」

「二十六ですが……」

「タメじゃん。ねえ、さすがにもうこれって勤務時間外でしょ？　飲まない？」

ウフフと愉快そうに笑う小麦色の肌のギャルに卒倒した。

(だ、大丈夫か、このママ……心配になるよ)

ミニスカの制服を着せれば、間違いなく黒ギャルＪＫであろう。

飲食業だから爪は伸ばしていないが、大きなピアスにグロスを塗ったピンクのつやつやな唇、マスカラと長い睫毛のパッチリした瞳は、どこからどう見ても、男好きするセクシーさにあふれている。

「お母さん……」

「梨奈って呼んでって言ったじゃん」

「……では、梨奈さん、秋人くんのことでお話が」

「まだイジメられてる？」

飄々と言われて、呆気にとられた。

「……ご存じだったんですか」

「ご存じも何も、秋人から訊いてるもん」

「へ？」

梨奈は「ふう」と、息をついて真顔になった。

「あたしさあ、十七で秋人を産んだのよね。あ、誤解しないでね。覚悟の上だったんだから。この子を絶対に幸せにするって。溺愛したよ。だから旦那と仲が悪くなって別居しても、あたしの実家についてきてくれたワケ。秋人には学校であったこと全部話してって言ってる。だから内履きとか隠されたことも知ってるよ」

そこまで話して、梨奈は「ねえ、いいよね」と、缶ビールを持ってきて、ごくごくと美味しそうに喉に流し込んだ。

「なんだっけ。そうそう、秋人は言ってたよ。別に隠されてもいいって。自分がうまくコミュニケーション取れないのが悪いって。ホントに困ったら、相談してって言ってるけど、まだ平気だって。せんせー、あたしもさ、学校あんまり好きじゃなかったんだけど……別にさあ、友達って無理につくる必要ないよねぇ。クラスメイトなんて同じ年に生まれた人間が、同じ部屋に集められただけじゃん」

「いや、まあ……」

何も言えなかった。

それどころか、驚いてしまった。

『みんな仲良くしましょう』

『仲間はずれは、やめましょう』

って、指導書には書いてあるけど、確かにひとりでいるのが悪いわけではない。

「あたし、あんまり頭よくないから、合ってるかどうかわかんないけど……でも、子どもの考えは尊重しているつもりよ」

正論だと思った。

格好や言葉遣いはあれだが、そういう考え方もあると納得した。

「知らなかったな、そんなことを秋人くんが考えていたなんて」

「ウフフ。でも、うれしい。こうやって親身になってきてくれた先生は、夏目せんせーが初めてだし。二年のときの先生は何も言わなかったなあ。香澄ちゃんはたまに様子を見にきてくれるけど」

ここで香澄の名前が出てくるとは思わなかった。

（そうか……香澄ちゃんは知ってたんだな……だから俺をけしかけて、ちゃんと解決させようって……）

秋人は悩んでいる。

相談に乗ってやれなくて、恥ずかしくなってきた。

「一本だけ、いただけますか？」

恭介が言うと梨奈はニヤッと笑った。

「ノリいいね、夏目せんせー」

缶ビールを渡されて、恭介も冷えたビールを流し込んだ。

梨奈は二本目だ。

「で、せんせーは独身（ひとり）？　彼女は？」

「いませんよ、そんな。春に東京から来たばかりですから」

「ふうん。じゃあさぁ、処理はどうしてるの？　けっこう元気そうだけど」

さらっと言われて、ビールで噎せた。

「し、処理って……」

「なによう。ちゃんと答えて。どうしてるの？　ビデオとか漫画とかかなぁ？　風俗はこのへんないし……寂しくない？」

そう言いながら、梨奈は「お手洗い」とつぶやき、立ちあがった。

（おっ）

立ちあがってから、向こうを向いて靴を履こうとしたから、お尻がこちらに突き出されて、ミニスカートがまくれてパンティが見えた。

（ぬ、ぬわっ！）

ワレ目とヒップを包むヒョウ柄のパンティが目の前で揺れている。

思わずしっかり見てしまった。

（お、おまんこが、ぷっくりして……それに二十六歳にしてはお尻もデカい……やっぱ人妻だな……エロい下半身だ……）

その年齢には見えないくらい若々しいけど、やっぱり学生とは身体つきのエロさが段違いだなと思った。

(待て、落ち着け。そんなに棚ぼたはないぞ)

あのお尻を好きにできるかも……なんて、とんでもないことを考えてしまって、自省した。

だが、考えたら勃起してしまった。股間がテントを張っている。

やばいな、と直そうとしたときだ。

「せーんせっ」

梨奈が戻ってきて、ウフフと笑っていた。

「やっぱ、たまってるんじゃない？　さっきも見てたわよね。そんなに私のパンティが気になっちゃうかなぁ？　ん？」

梨奈の顔が赤かった。

アルコールのせいか、首筋がほんのりとピンクがかっている。

まだ缶ビール二本なのだが、お酒に弱いのか、はたまたすでに仕事中にも飲んでいたのか。

いずれにせよ、完璧に酔っている。

「い、いや……気になるというか……」

言葉が続かなくなった。

梨奈が、くるりと背を向けて、こちらにお尻を突き出してきたからだ。

「ち、ちょっと……丸見えっ……梨奈さんっ、お尻が見えてますっ」

「いいのよ、見せてるんだから。可愛いパンティでしょ。チラチラ見てた罰だから、せんせー、どんな下着か説明して」

「えっ……ええっ……？」

「言わないと、学校に言っちゃうから。スケベ教師だって。ウフフ」

梨奈がお尻を突き出しながら、脅迫してくる。

目の前にお尻が来た。

(うわわわわっ)

すごい光景だった。

むっちりした太ももからつながる大きなお尻を、ヒョウ柄の小さな布が食い込みながら、包み込んでいる。

女性器の形がパンティ越しにくっきり浮き立たっていた。

匂い立つような迫力に恭介は身震いした。股布から漂う生々しいエッチな匂いも興奮してしまう。

「早く言いなさいよぉ」

まるで姉が弟を叱るような口調だ。

恭介は観念して、ちらちらと梨奈のヒップを見て口を開く。

「く、食い込んでます……ヒョウ柄の下着が……小さくて、クロッチの幅が小さくて尻肉がパンティからハミ出ていて」

「うふんっ……どう？　エッチでしょ。あん、やだ……あたし……」

肩越しに恥ずかしそうな目を向けてきて、なんだろうと思ったときだ。

「えっ？」

パンティを眺めながら、恭介は固まった。

いつの間にかヒョウ柄下着のクロッチに、じゅわあっと楕円の小さな濡れジミが浮いてきたのである。

「シ、シミ……梨奈さん、シミが……これって……」

言うと、ギャルママはさすがに恥じらった。

「やあんっ……そ、そうよ。あんっ、身体が熱いっ……見られていると思うと、あたしのアソコも濡れてきちゃった……ねえ、訊いてよ。あたしね、ずっとガマンしてたの……禁欲生活ってヤツ」

いきなりのとんでもない告白に恭介は狼狽えた。

黒ギャルママは、潤んだ瞳でこちらを見ながら続ける。

「旦那とは別居だし、家にはまだ小さい子どももいるから、ひとりでするのもなかなかできないのよね」

酔いに任せた生々しいオナニー話に、こちらの顔が赤くなってしまう。

「ひ、ひとりって……」

そこまで口にしてから、もっと重要なことを梨奈が話したのに気がついた。

「梨奈さん、今、小さい子どもって言いませんでした？」

「え？ ああ、言わなかったっけ。二歳の女の子もいるの。秋人とは少し年が離れているけど兄妹よ」

そう言って梨奈が振り向いたときだ。ギョッとなった。

梨奈の着ていた白いTシャツの胸の頂点部分が、うっすらと濡れジミをつくっていた。

しかも小さな突起が透けて見えている。

（乳首だ。乳首が見えている。り、梨奈さん……ノーブラっ）

間違いない。

下はヒョウ柄パンティで、上はノーブラだ。

仕事終わりだから、ラフな格好なのだろうけど、それにしても若い男の前でノーブラは、やばいんじゃないか？

梨奈は恭介の視線に気づいたようで、目線を下にやって自分の胸を見た。

「キャッ」

そして真っ赤になって、両手で自分の胸を隠す。

呆然としている恭介を尻目に、恥ずかしそうに口を開く。

「やあだ……母乳パッド入れておけばよかった。ブラだとこすれて痛いのよね。最近おっぱいの張りがすごくて……娘にたくさん吸ってもらわないと、ミルクタンクがすぐに満タンになっちゃうの」

衝撃的な言葉に、恭介は身体を熱くする。

(ぼ、母乳っ？　あれ、母乳なんだ……母乳がTシャツにシミ出て……へんなの。パンティは見せても母乳のシミは恥ずかしいんだ)

おかしな感覚だなと思いつつ、母乳に興味津々だ。

(こんな愛らしいギャルが乳首から白いのを出すのか？　ギャルのおっぱいって、どんな味がするんだろう)

いけないと思いつつ、どうしても妄想してしまう。

梨奈は恭介の隣に座って、身体を寄せてきた。

目と鼻の先に、大きくて黒目がちのバンビみたいな目と、ピンクの艶々した唇があった。

肌は健康的な小麦色。

長い睫毛が可愛らしさを演出している。

(ぱっちりした目が愛くるしいな……それに、アルコールに混じってバニラみたいな甘い匂いがする)

ショートケーキみたいな匂いが、小麦色の瑞々しい肌から漂っていた。

「なあに、クンクンしてるのよ」

さらに顔を近づけられて、思わず身体を熱くしてしまう。

「い、いや、梨奈さんって……お菓子みたいな甘い匂いがするなあって」

「ええ? ウフフ。せんせーって面白いこと言うんだぁ。母乳はそんなに甘い匂いしないしねえ。私のボディソープかなあ」

見れば、Tシャツの胸元の母乳ジミがさらに広がっている。

乳首の色までわかる。

子どもがふたりもいるわりに、意外と薄いピンクだ。ドキンとして目のやり場に困ってしまう。

「うふんっ、真っ赤な顔して……せんせーって、あんま女の経験ないんでしょ？　私のパンツとか、ミルクの透け乳首にこんなに反応するんだもんね」

「男なら誰でもフツーなりますから、うっ……」

細い指が股間に伸びてきて、恭介は慌てた。

「今日は私が先生になってあげようかなあっ。ウフフ……ねえ、足を崩して」

正座していた脚を投げ出すと、梨奈は四つん這いになってにじり寄ってきた。

「り、梨奈さん……何を……」

「ウフフ。わかってるくせにぃ……抜いて欲しいんでしょ」

とんでもないことを言われて、恭介は焦った。

（し、してほしいけど、そんなこと言えないよ）

すでにふたりのママとエッチしているのだ。

二十人のクラスで三人のママと関係を持つなんて、もう人妻とヤルための家庭訪問になってしまう。

「だ、だめですよ……」

「えーっ？　由紀さんや文乃さんはオッケーで、あたしはダメなんだ」

言われて固まった。

「は？　え？」

「あたし、あのふたりと仲いーんだよねぇ。あ、大丈夫よ。チクるとかしないから」

「いや、あれは……」

「わかってる。寂しい人妻を癒やしたって言うんでしょう。じゃあ、あたしもおんなじだもん。エッチしないと、へんになりそうなんだよね……」

陽キャなギャルママに、寂しそうな顔をされると弱い。

「フフッ。っていうよりも、せんせー、ヤリたそうな顔してるよ。生徒のママのパンツ見て、勃起してるんだから、しょうがないよねえ、ヘンタイくんだし」

小馬鹿にしてくる目が細まっていて、高飛車な態度だ。

（ドSなんだな、見た目通り……）

何をされるかとドキドキしていると、梨奈は躊躇（ちゅうちょ）なく恭介のベルトに手をかけて外し、さらにズボンとパンツを剝き下ろしにかかる。

「り、梨奈さんっ、そんないきなり……」

驚いて、とっさに股間を手で隠そうとすると、大きな目でじろりと睨まれた。

「言ったでしょ。私が先生だって。せんせーは今から、梨奈の奴隷っ」

「ど、奴隷？」

「なあによ。反抗するの？　これってごほうびでしょう？　今から梨奈の魅力をせんせーのオチンポにわからせてあげるからぁ。ウフッ」

酔っているからだろう。語尾を伸ばした媚びた声で、耳元でささやかれる。

チンポがビンビンした。

パンツごと足首まで下ろされると、怒張がビンッとそそり勃つ。

「ちゃんと勃起してんじゃん。ウフフ。こんなになってるのは、あたしのこと見てたからよね。ねえ、そうよねえ」

「い、いや……それは……」

「あらあ、私のじゃ、だめ？　ふたりの子持ちのママのお尻とかおっぱいとかじゃ魅力感じないの？　やめちゃやおっかなあ」

梨奈の目がイタズラっぽい輝きを放つ。

根っからの小悪魔らしい表情で、ゾクッとする。

「そ、そんなことないです。キレイだし……そのっ、あの……ヒョウ柄のパンチラしたときなんかもう、興奮して、それで……」

「それで?」

梨奈が押し倒してきて、顔を近づけてくる。

もう隠し事なんかできそうになくて、従順になりたいという気持ちにさせられる。

「それで……目に焼きつけて」

「焼きつけて、何?」

ウフフ、と梨奈が笑っている。

小麦色のギャルママが、ほっそりした指で唇をなぞってくる。

「や、焼きつけて……その……あとで想像して、ひとりでしたり……」

正直に言うと、肉棒がさわさわと撫でられた。

驚いて、ビクッと腰が震えた。

梨奈は甘いバニラの匂いをさせながら、耳元に口唇を近づける。

「正直ね。いいわぁ、せんせーって。ねえ……あたしのこと、どんな風にしたいの?教えてよ、あたしって、せんせーの想像の中でどんなエッチなことされちゃうのかなぁ。レイプとか?」

根元を握られ、快感が一気に駆け抜ける。

「くぅっ……レイプなんて、そんな」

「あんっ、オチンチン、硬くなって。せんせー、すごくエッチなこと考えてたんだぁ。やっぱり、あたしのこと無理矢理縛（しば）ったりとかかなあ。そういう悪い子は生殺しにしちゃおっかなあ」

握る手が緩められる。

（こ、ここでやめられたら……）

焦った。

もう生徒のママだという罪悪感は薄れて、とにかく射精させて欲しかった。

「や、やめないでくださいっ」

怯える恭介の顔を見て、ギャルママはクスクス笑う。

「ウフフ。冗談よ。やめないわよ。久しぶりのオチンチンだもん。それにせんせーの情けない顔、可愛いし。スンゴク好きっ」

梨奈は弾んだ声を出しながら、肉棒を軽やかに、しこしことシゴいてきた。

竿だけでなく、陰嚢（いんのう）までモミモミされると、

「ああ……」

と、せつない吐息を漏らして震えてしまう。

「あんっ、先っぽからなんか出てきた。ねえ、なあに、これ？」

上になって顔を覗き込まれながら、恥ずかしい責めをされる。知っているくせに訊いてきているのだ。

「そ、それは……ウウッ……」

梨奈はガマン汁など関係ないとばかりに、カリ首をマッサージするようにこすってくる。

「ああ……そんなにしたら、出ちゃいますっ」

「ウフフ。何が出るのかなあ？　ねえ、出してもいいけどさぁ、次はないわよ。奴隷が射精管理されるのは当然よね。今日の射精は一回だけ。お手々でしゅーりょー」

「そ、そんな……」

困った顔を見せても、梨奈は笑うだけで手コキを緩める気配がなかった。

(くうう……だ、だめだ……こっちも何かしないと……)

一方的にやられて終わりはいやだった。

恭介は息を荒げながら、思いきって手を伸ばし、Tシャツ越しの母乳にまみれた悩ましいおっぱいをむんずとつかんだ。

「あっ……やんっ」

上になっていた梨奈は女の声を漏らし、軽くのけぞった。

「いきなり揉まないでよねっ。今、乳首が敏感になってるんだから。奴隷のくせに」

むくれた梨奈は身体を下げていき、勃起の近くまで顔を寄せていく。

柔らかな息が切っ先にかかるのを感じて恭介は慌てた。

「えっ？　り、梨奈さんっ」

仰向けのまま、上体を起こして見れば、勃起を握る梨奈と目が合った。

彼女はうれしそうに笑う。

「なあにあせってんのよ？　ホントは洗ってないおチンポに触られるの、うれしいくせに……ああんっ、でもガッチガチでおっきいね。おいしそう」

そう言ってショートヘアを軽く手ですきながら、濡れたピンクの舌を伸ばして、勃起の鈴口を舐めてきた。

「うっ……！」

強烈な刺激に身をよじると、

「ウフフ。やっぱ、おいしいわ。しょっぱくて……」

今度は舌の腹をめいっぱい使って、表皮のガマン汁を舐めとってくる。

「う、くっ……」

温かくぬめった舌がたまらなかった。

恭介は座敷の床を爪でひっかきつつ、思わず腰を浮かす。

「ウフフ……かーわいい」

梨奈は含み笑いしながら、亀頭部をアイスキャンディーのように舐めてくる。

ギャルママの唾液まみれにされた勃起が、もっとして欲しいと、自然とビクビクと脈動してしまう。

「ううっ、り、梨奈さんっ……もう……出そうですっ」

熱いものが尿道にせりあがってきていた。

梨奈の舌使いがうますぎるのだ。全身がガクガクと震えて、今にも出してしまいそうになり、恭介は哀願した。

「あんっ……もう限界？」

「だって、梨奈さんが、う、うますぎるからっ」

「由紀さんや文乃さんよりも？」

「は？　はい……」

実際にそうだったから、躊躇なく答える。

すると梨奈は満足げな表情で、口角をあげた。

「いいわ。ごほうびに、手以外で射精させてあげる。あんまりガマンするのも身体に悪いしねえ。特別にあたしのオクチに出すの許してあげるから」

「オクチって……うあっ」

剝き出しの亀頭部をいきなり咥えられて、恭介はのけぞった。

「り、梨奈さんっ……」

「ンフフッ……んう……ンンッ」

驚く恭介にかまわずに、上目遣いにこちらを見あげつつ、じゅるじゅると音を立てて肉竿をすすってくる。

（くううっ、フェラチオ……う、うまい……）

温かな潤みだけでもイッてしまいそうなほど気持ちいいのに、梨奈は唇を締めたり、吸引したり……果ては苦しいだろうに、奥まで咥え込んでくるのである。

（女王様気質のくせに、こんなに男に奉仕してくるなんて……）

生意気なギャルママが、股ぐらで一心不乱に男のモノを舐めている様は、見ているだけで興奮が増す。

「んんううっ……んんう……」

次第に梨奈も没頭してきたのか、鼻息が荒くなって、頭を打ち振るスピードが速くなっていく。

「ああっ……ハアッ……ハアッ……り、梨奈さんっ」

口内粘膜でこすられる気持ちよさに、たまらず口端からヨダレが垂れた。

梨奈が勃起をちゅるっと吐き出し、目を細める。

「ウフッ、ねえ、どんな風に気持ちよかったのか、言ってみて」

「あ、ああ……その……梨奈さんの舌使いがすごくうまくて、何よりも、美人に咥えられてることがうれしくて」

「ウフッ、せんせーって奴隷の気質あるわぁ……美人ね。いいこと言うじゃない。じゃあ、ごほうびっ」

「えっ？　ああっ……」

恭介の目は大きく見開かれる。

馬乗りになった梨奈がTシャツに手をかけて、めくりあげたからだった。

3

（うわあ、すげえ！）

白っぽい大きなふくらみを見て息がつまる。

ゆさっと重たげなふたつの半球体は水着の痕がついていた。小麦色の肌に水着のブラの痕が生々しい。

（おっぱいだけが白い）

それに思ったよりもデカかった。

身体が細いから、おっぱいだけがより強調されている。

ミルクを含んでいるだろう、そこだけ白い乳肌がパンパンに張っていて静脈が透けて見えている。

乳首はやはり薄いピンクで、乳白色の液体がじわっとにじみ出ていた。

「あんっ。やっぱりまだミルクが漏れてる。紗菜が最近あんまり母乳を飲んでくれないから、おっぱいが張っちゃうんだよね」

紗菜というのは、二歳の子どもの名前らしい。

などと話してから梨奈は自分のおっぱいを持ちあげ、大きな目をこちらに向けてきて、ニヒヒと笑う。

「エッチモードな気分になると、ミルクが出てきちゃう」

言われて、恭介はおっぱいを凝視したまま、ごくんと唾を呑んだ。

（褐色の肌の可愛いギャルが……エッチモードに……白いおっぱいから、ミルクを垂らして……）

見ているだけで肉竿が反る。

梨奈はちょっとだけ恥ずかしそうにしながら、

「ウフッ。せーんせ、飲んでみたいんでしょう？　あたしのミルク」

「えっ」

図星をさされて、ギクリとしていたときだ。

梨奈は恭介の手をつかむと、おずおずと自分の乳房に持っていく。

震える手でおっぱいをつかむと、柔らかな乳肉が、ふにゃんと沈み込み、同時にピユッと乳頭部から白いミルクが飛び出した。

「あんっ」

梨奈の口から甘い声が漏れる。

たまらなかった。

（すごい……ちょっとおっぱいが硬いのは、ミルクが満タンだから……？）

指にもっと力を入れると、ぐにゅっ、と食い込む感覚があり、ピユッと、さらに勢いよく噴き出た温かな母乳が、手のひらを濡らしてくる。

（ど、どんな味なんだろ……）

興味津々で、下から乳首を舌先でぺろりと舐めた。

「んっ……」

梨奈の口から感じた声が漏れる。

(これだけで感じちゃうんだ……乳首が敏感ってのはホントなんだな。あれ？　意外に甘い……)

母乳は味がしないと聞いたことがあるが、人によるんだろうか。

もっと味わいたいと梨奈の乳首にぱくつき、チュッと吸い立てながら、口の中で舐め転がしてみた。

「んっ……やっ……」

とたんに、梨奈がくすぐったそうに身をよじる。

今まで生意気そうだった表情が、困ったような、今にも泣きそうな……女の感じた表情になる。

(くう、可愛いな)

股間を昂ぶらせながら、反対のおっぱいの先端部を軽くつまんでみた。

「あんッ」

梨奈がビクッと震えて、ミルクが垂れる。

「すごい敏感になってるんですね。気持ちいいですか？」

正直に口に出してしまうと、高飛車ギャルママは真っ赤になって、じろりと睨んできた。

「そーいうこと言うんだぁ、奴隷のくせに」

「いや、だって……梨奈さんの感じた顔がすごく色っぽくて……エッチで……」

ギャルママは照れたような顔をした。

「ウフッ……まーた、そういうこと……仕方ないわねぇ、教えてあげる。感じたわ。せんせーにおっぱい揉まれて舐められて……いいわ。もっとして」

チュッと頬に軽くキスされた。その仕草も愛くるしい。

（もっとしてって、言ったよね）

恭介はバストの頂点をパクッと咥えて、ヂュッ、ヂュッと母乳を吸い出した。

「あんッ」

梨奈は甲高い声を漏らし、ビクッと震えた。

「あふんッ……ああんっ！　す、すごっ……やっぱり赤ちゃんと違って、吸い出す力が強くて……いいわっ、すごく……」

さらに舌でねろねろと乳頭部を舐め転がせば、黒ギャルママは金髪ショートを振り乱し、汗ばんだ泣き顔で見つめてくる。

「ああんっ……だめっ……あんっ……やだ、せんせー、上手。ああん……ママたちに開発されちゃったのかなあ……ちょっと、くやしーんですけどぉ」

そのときだった。

しゅわっ、とまるでシャワーのような勢いで、口内に生温かい液体が降り注いできて驚いた。

(うわっ、母乳がいっぱい出てきたっ！)

たちまち口の中に、温かいミルクがたまっていく。

「あああんっ、いいわっ、もっと、吸って……はああんっ」

言われて、口中にたまった母乳をごくごくと嚥下して、また吸いあげる。

「んっ……ううんっ……いやあっ、あはんっ……」

梨奈は甘い声を漏らしつつ、さらに覆い被さっておっぱいを口に押しつけてきた。

しゅわううう……。

ヂュルルル、ヂュッルルル……。

必死に吸って、ごくごく飲んだ。

「ああんっ……あっ……あっ……」

さらに、チュパッ、チュパッ、といやらしい音を立てながら、もっと出してもいいよとばかりに、おっぱいを頬張った。

「あんっ、すごいミルクが出ちゃってるぅ……はあんっ、おっぱいが、おっぱいが、はああんっ……」

梨奈のぷるんとした唇から、悩ましい吐息が漏れた。

大きな目も、妖しげに潤みきっていた。

「ウフッ、奴隷のせんせー、いい子ね。もっと気持ちいいことしてあげるね」

えっ、と思う間に梨奈は身体をズリズリと下げていき、おっぱいを硬くなった肉棒にくっつけてくる。

何をするのかと見ていると、梨奈は自らおっぱいを揉み、白いミルクを肉竿にかけてから、乳房でミルクまみれの勃起を挟んだ。

左右から乳房をギュッとして、チンポを肉房に埋めてくる。

「ああ、こ、これ、パイズリッ」

「ウフフ。ミルクパイズリよ。うれしいでしょう?」

母乳を潤滑油がわりにしておっぱいを手で挟んで、勃起をシゴいてくる。

(な、なんてエロいっ……田舎のギャルママ、さいこーだ……)

おっぱいの感触がたまらないが、パイズリはそれ以上に見た目がすごかった。

チンポの先が、白い胸の谷間から出たり入ったりしている。

「ああん、せんせーのとろけ顔がいいわ。母乳おっぱいにシコシコされて気持ちいいんでしょう？　ん？　言ってみてぇ」

パイズリされながらの上目遣い。

おそろしいほどのエロ破壊力に、チンポがバカになりそうだ。

「……ううっ、た、たまりませんよ……おかしくなりそう」

感じすぎて、目の焦点が合わなくなってきた。

尿道が熱くなり、射精前の甘い陶酔が頭の中をとろけさせていく。

「ウフッ、かーわいいっ」

パイズリしたまま、梨奈が敏感な尿道口にそっと指を添えてくる。

「ああっ！」

おしっこの出る敏感な穴をいじられ、腰が大きく跳ねた。

「ああん、すごいわ……せんせーのオチンポ、あたしの手の中で、ビクン、ビクンって。匂いもスゴくなってきた。ウフフ、もう出ちゃいそうなんだぁ。いいよ、せんせーもミルクを出して……」

さらに左右からムギュッとおっぱいを押しつけられる。

甘い陶酔は限界を超えた。

「あうう……もうだめっ……出ちゃう、出ちゃいますっ。ごめんなさいッ」

「ウフフっ、じゃああたしも呑んであげるね、せんせーのミルク」

えっ、と思う間にパイズリのまま、先っちょを咥えられた。

（なっ……）

驚いている恭介をよそに、梨奈は両方の頬をへこませて、ミルクパイズリのチンポをチューーッと吸いあげてきた。

「うぁぁあっ」

初めてのバキュームフェラ。問答無用の気持ちよさだ。

「だ、だめっ……梨奈さんっ、で、出るっ」

あまりの気持ちよさに腰が震えた。

「くううっ……」

肉茎が跳ね、ギャルママの口の中で、おしっこする穴から精液が噴き出した。

どくっ、どぴゅっ、どぷっ……！

頭の中でそんな音がするくらい、多量の精液が放たれた感触があった。

「……っ！」

梨奈が大きな目をさらに見開いた。

思っていた以上の量の精液が、口の中に注がれてきたのだろう。

だが梨奈は勃起を口から離さなかった。

顔をしかめながらも、喉を動かしているのが見えた。

(出しちゃった。梨奈さんの口の中に……ああ、でも、呑んでくれてるっ……俺のザーメンを……こんな可愛いギャルママが)

罪悪感を覚えるも、梨奈が飲んでくれたことに至福を感じる。

ようやく射精が終わると、梨奈はイチモツから口を離した。

「ハアハア……せんせー、いっぱい出すんだもん。びっくりしちゃったよぉ」

怒っているかなと思ったが、梨奈はしかめ面をしながらも、

「ううっ、ねばっこくて……濃くて……すごい味……これがせんせーの精液の味なんだ。美味しいけど……こんなのおまんこに入れたら、妊娠しちゃいそう」

(に、妊娠？)

過激なことを言われて、ドキドキした。

梨奈がウフフと笑い、口元をティッシュで拭ってから、

「悪くない味だったよ……ねえ、じゃあさ、今度は私のもお掃除して」

「え？　掃除？」

そう言われて、なんのことかと思ってぼうっとしていたら、ギョッとなった。

梨奈がおもむろにスカートをめくり、ヒョウ柄パンティを見せてきたからだ。

4

「ウフフ。ずっと居酒屋で働いていて、おまんこ蒸れちゃった。せんせーの舌でキレイにして」

梨奈がスカートをまくりながら言う。

クロッチに色の濃いシミをつけた、ヒョウ柄パンティが丸見えだ。

（ぬわわっ……なんてエッチなことを……）

まくりながら、ちょっと恥ずかしそうにしているのも、男心をくすぐる。

小麦色で、日焼け痕のついた可愛いギャルママでも、スカートをまくるのは恥ずかしいという女っぽさが、いい。

梨奈は目の下を赤く染めながら、ゆっくりとパンティを下ろしていく。

下半身も乳房と同じように水着の痕があって、ちょうどビキニパンツを穿いていただろう肌の部分だけ生々しく白かった。

（水着の痕って、エロいなあ……）

ミニスカートを腰に巻いただけの、ほぼ全裸の梨奈の身体を改めて見て、心臓が高鳴った。

健康的な小麦色の肌。

ミルクのたっぷりつまった張りのあるバスト。

急激に細くなる腰つき。

小気味よく盛りあがったヒップ。

意外にボリュームあるムチムチの太もも。

（小学生のママとは思えないよ……）

それでいて、恥じらいがあるところもたまらない。小悪魔のくせに奉仕してくれるのもいい。

「ウフッ……じゃあ仰向けになって、せんせー。そう……」

言われたとおりに座敷で仰向けになると、梨奈が見下ろしてきて、恭介の顔を跨いだ。照明が梨奈の身体で隠れて暗くなる。

何をされるのかと思っていたら、恭介の顔の上にお尻がくっついた。

「なっ……！」

濡れきったおまんこが、直に顔面に押しつけられる。

獣じみた匂いがプンと漂う。

頭がパニックになった。

(が、顔面騎乗……ッ……ウブッ)

鼻と口が梨奈の股間で塞がれる。

窒息しそうだ。なのに、最高にうれしい。

「ああんっ、そんなにハアハアしないでよぉ。奴隷は舐めてキレイにするんだよ。ちゃんと梨奈のおまんこを舐めなさい。うれしいでしょ？」

性器を強制的に舐めさせられるなんて屈辱でしかない。

なのに、もう自分は犬みたいに、舐めることで梨奈に忠誠を誓いたいって気分になっていく。

(俺……Sじゃなくて、Mなのかな……)

よくわからないが、美人ギャルママの顔面騎乗なんて、確かにごほうびだ。

舌を伸ばして夢中で舐めた。

「あんッ……せんせー、いい感じだよ。じょうずぅ」

馬乗りになった梨奈が、気持ちいいのか腰をくいくいと前後に動かしてくる。

「う、うぶっ……むうっ」

鼻先にスリットがこすれ、濡れた媚肉が口を塞いでくる。

（く、くるし……）

匂いも味も強烈だった。

だが、それがいい。一心不乱におまんこを舐めた。

「ああっ、ああんっ、気持ちいいっ……せんせー、もっと……」

新鮮な愛液が、たらたらと奥からあふれてくる。

くちゅっ、くちゅ、ちゅ、くちゅ……。

蜜をすべて舐め取るように音を立てて舌を動かしつつ、もうそれでは足らないと亀裂に唇をつけ、ズズズッと蜜をすすり飲んだ。

「あっ、ん……んっ……ああん、梨奈のおつゆ、美味しい？　そうそう、いっぱい飲んでね。せんせーって、教師より奴隷が向いてんじゃん……んっ、あっ……」

梨奈は感じてきたのか、恭介の腹に両手をつき、前傾して尻を揺らしてくる。

尻を突き出してきたので、さらに顔面が圧迫される。

苦しいから、もっと舌を動かした。

舌先にこりっ、とした感触があって、それをねろねろと舐めまくると、

「きゃううん……ああんっ……ああんっ……く、クリっ……やあん、クリちゃん、気持ちいいっ」

梨奈はもっとそこを舐めて、というようにクリトリスを押しつけてくる。

ならば、と、一定のテンポでクリを刺激し続けていると、

「あんっ……やばいかも」

少し尻をずらした梨奈が、肩越しに真っ赤な顔を見せてきた。

「な、何？」

やばいって、なんだろうと訊くと、梨奈は珍しく泣きそうな顔になり、

「せんせー、梨奈……イッちゃいそう……もう、終わり……恥ずかしいから」

梨奈は顔面騎乗をやめて、すっと立ちあがり、恭介の上から降りて座敷にぺたりとしゃがみ込んだ。

(恥ずかしがり方、可愛すぎるだろ)

生意気ギャルママのイキ顔がどうしてもみたい。

恭介は梨奈を押し倒して、両足を広げさせて無理矢理にクンニを続ける。

「やっ！　ちょっと……あんっ、だめっ、だめぇ、奴隷がそんなことしていいと思ってんの？　あんっ、あっ……ハアッ、アアッ、アアアッ！」

「感じた顔、可愛いんで、イッてくださいっ」

「いやん、見ないでっ、うっ！　はうううんっ……」

勝ち気で高飛車なギャルを、屈服させていることに猛烈な興奮を味わい、さらに丹念に舌を使った。

「あっ……あっ……」

舐めていると、梨奈は次第に抵抗しなくなり、しおらしくなってきた。

あれっ、と思って顔を見れば、手で口元を隠した不安そうな上目遣いで、こちらを見つめてきた。

「……ホントにイッちゃうからね？　もうっ」

拗ねたような、怒った素振りがたまらなかった。

（くぅぅ！　か、可愛いっ……）

少し強めに舌でクリを弾けば、

「あっ……！」

梨奈はビクッとして、全身を弓のようにしならせる。

さらに舌で膣奥まで舐めたときだ。

キュッと穴が窄まり、腰のうねりが大きくなった。

「せんせー……イクッ……」

小さく声をあげた瞬間だった。

「あっ……んッ！」

甲高い声を放つと、今までになく、梨奈の身体がガクガクと痙攣した。

そしてその後、ぐったりとなった。

目がうつろで口は半開きのまま、ハアハアと息を荒げている。全身が汗ばみ、小麦色の肌がうっすら上気している。

「イ、イキました？」

おそるおそる訊くと、梨奈がバシッと腕を叩いてきた。

「生意気な奴隷ね……今度はあたしの番だからぁっ」

梨奈が押し倒してきた。

勃起を指でしごきながら、「んー」と恋人みたいなキスをしかけてくる。

(梨奈さんのアソコを舐めたのにいいのかな)

と、思いながらもベロをからめ合う。

さんざん、唾液をからませてキスを終えると、梨奈は唇を離してニヒヒと笑い、指で恭介の顔を愛おしそうに撫でてきた。

「せんせーっ、じょうずだったよ……ねえ、梨奈のごほうび、もっと欲しい？」

イタズラっぽい表情をされる。

そのキュートさに、もう恭介はぞっこんだった。

「ほ、欲しい……欲しいですっ」

「ウフフ。だよねえ。その顔とおチンポ見てればわかるもん。ねえ、これからずーっと、梨奈のものになるならぁ、もーっと気持ちよくしてあげるけど、どう？」

恋人宣言なのか、セフレらしき奴隷宣言なのかわからない。

だけどもう、逆らうなんてできなかった。

「り、梨奈さんのものにしてください……」

「ウフッ。上手におねだりできたねぇ。いいよ。これからせんせーは、ずーっと梨奈の肉奴隷ね。じゃあ気持ちよくしてあげる。また寝て、せんせー」

梨奈は恭介の股間を跨いできた。

（今度は騎乗位か……とことん女王様なんだな……）

勃起をつかまれて、そのまま導かれる。

「えっ……？　な、生ハメっ……いいんですか？」

驚いた。

さっきは「妊娠しちゃいそう」なんて軽口を叩いていたのに……。

「いいの。奴隷は口答えしない。だって欲しいんだもん」

それだけ梨奈もガマンできなくなっているのだろう。

梨奈はかまわず腰を落としてきた。亀頭がぬるっと呑み込まれていく。

「ンッ！　あああっ……すごくおっきいっ」

梨奈の美貌がクンッと持ちあがる。

「くううッ」

恭介も天井を仰ぎながら、くぐもった悲鳴をあげた。

思ったよりも締めつけが強かったのだ。

梨奈がさらに腰を落とすと、肉の先が子宮に当たった。

「やんっ……深いところっ……当たってるっ。ああ、みっちりと梨奈の中におチンポが嵌まって……もう、せんせーのことしか考えられないっ……やあんっ」

騎乗位で見下ろしながら、梨奈は愛らしいことを口にする。

（まさにツンデレ……）

夢中になってしまいそうだった。

もうたまらなく、いきなりフルピッチで腰を突きあげた。

「ああんっ、は、激し……ああんっ、すごいっ……削られちゃうっ！ 梨奈のおまんこ、せんせーの形にされちゃううっ」

「だっ、だって……梨奈さんのおまんこが、すごく気持ちよすぎてっ」

「あんっ、あたしも……せんせーのおチンポっ、フィットするっ」

「くうう、き、気持ちいい……イキそうですっ」

「ああんっ、だーめっ。梨奈がいいって言うまで、絶対にイッちゃだめだよっ。わかった？ せんせー」

「そ、そんな……」

だが、もっと味わいたいのも確かだった。

恭介は唇を嚙み、勃起の根元に力を入れながら、さらに突きあげた。

梨奈もかなり興奮しているのだろう。

揺れる乳房の先っちょから、ぽたっ、ぽたっ、と白いミルクの雫(しずく)が垂れて、恭介のシャツを濡らす。

その光景もエロい。

突きあげながら、下から手を伸ばして張りのあるおっぱいを揉みしだくと、またミルクがじんわりと垂れてくる。

「あんっ、張ってるおっぱいマッサージされると、気持ちよすぎっ。それに、せんせーのおチンポすごいっ……いいのっ、ああんっ、ンンッ……やっ、もう……なんでこんなに奥に届くの？　ああんッ……あ、はあんっ」

「梨奈さんっ、今日だけは僕のものにしたいっ……ああ、イキそうっ」

「あたしのものでしょ、せんせーは……だめっ、まだイッちゃっ、だめッ」

梨奈はとろけるような瞳を向けながら、がむしゃらに腰を振ってきた。

「くうう！」

たまらなかった。負けじと片手でつかめそうなくびれた腰をがっちり持ち、さらに腰を跳ねあげた。

「あっ、せんせー、すごいっ……いいっ……ああんっ、梨奈もイキそう……」

梨奈は困惑した声をあげて、腰をくねらせる。

さらに突きあげると、

「あんっ……ああんっ、だめっ……あんっ、また……イクッ……ねえ、一緒に、一緒にいこっ……あっ、あっ、あっ……」

「で、でも……」

「いいの、今日は平気だから……中に出して。お願いっ。ああんっ……だめっ！　あああん、イクッ、イッちゃううう！」

梨奈が大きくのけぞり、ぶるぶるっと震える。

同時に膣がしぼられる。

その瞬間に恭介もしぶかせていた。

（くうう……）

すさまじい快楽に、目の奥がちかちかする。

どろりとした熱い子種が、梨奈の膣内に染み入っていく。

「あんっ、せんせーの精子っ……熱いっ。私の中、せんせーの濃いミルクでいっぱいにされてっ……ああんっ」

梨奈は恍惚に打ち震えながら、ギュッと抱きついてきた。

汗ばんだ身体は甘酸っぱい匂いがする。

バニラの体臭と汗の匂いがブレンドされた、梨奈の匂いだ。

やがて注ぎ終えると、梨奈が一転して哀しそうな顔をしたので、びっくりした。

「あたし……秋人のせんせーに、膣内射精されちゃった……ううっ」

すすり泣く梨奈に、恭介は慌てた。

「す、すみません！」

土下座しようとすると、梨奈は「べー」と舌を出してきた。

「冗談よ。梨奈の中に出して……気持ちよかった？」

妖艶な黒ギャルママは、本当にイタズラっ子だ。

「それはもう最高で……」

「そう。よかったんだ。由紀さんや文乃さんよりもでしょ？」

細められた目に、ギラギラと対抗心が宿っていた。

（い、田舎のママたち、怖いな……家庭訪問がこんなことになるなんて）

「はい」とばかりに頷くと、梨奈はまたギュッと抱きついてきて、イチャラブなキスをしかけてくるのだった。

第四章　お堅い美教師から快楽奉仕

1

「おーい、秋人、いくぞー」

「がんばれー」

休み時間に、秋人が同級生に交じってドッジボールをしているのを見て、恭介は心底ホッとした。

クラスの全員とひとりひとり面談もした。

正直面倒くさくて、都会にいた頃は絶対にやらなかったけど、ここは田舎だ。郷に入れば郷に従え。ちゃんと秋人とみんなで話し合うようにしたら、まだぎくしゃくはしているものの、少しずつ関係がよくなってきたのだった。

「いい感じですね」

校庭に立っていると、いつの間にか香澄もやってきていた。

ポニーテールに、小さな丸顔。

目鼻立ちはくっきりとして、美少女みたいな雰囲気だ。

「そ、そうですね。まあ、クラスメイトたちも、話しかけてもちゃんと返事が返ってこなかったから、イジワルしていただけなんで。秋人が人見知りなだけだとわかったら、拍子抜けしたみたい……」

「せんせー」

突然、ドッジボールをしていたクラスの子が名を呼んだ。

「ねえ、せんせーも、一緒にやろうよ」

「はあ？　僕も？」

香澄を見れば、うんうんと頷いている。

「じゃあ、あとでなー」

と返すと、生徒たちは手を振り返す。

（こんなこと、今までなかったよな……）

昼休みの時間に教師と生徒が遊ぶなんて、考えたこともなかった。

次の授業の準備、生徒の親からの苦情の対応……そもそも生徒と先生が、なあなあになるなんてありえないとされてきた。

「生徒たち、夏目先生を信頼してくれてるんですね」

香澄が笑う。

「いやー、あんまり僕のこと、教師と思ってないんじゃないすか」

「そういうやり方もありますよ……田舎なら……先生も生徒も一緒に成長していくって感じで」

「なるほど……一緒に成長ねえ」

そういう考えもあるのかと感心した。

「秋人くんのこと、夏目先生がちゃんと向き合ったからだと思います。クラス全員と面談して、秋人くんがどんなに困ってるか、悲しい思いをしているかを、みんなに切々と話したって」

香澄がキラキラした目を向けてきた。

褒められた。珍しい。ちょっと照れた。

「そんな別に……ただ、ちゃんとやらないと遠山先生に怒られるかなって思っただけです」

照れ隠しに冗談を言うと、香澄がはにかんだ。

「……怒ったら、ちゃんとやるんですね。じゃあ、これからもずっと怒ります。夏目先生が他の女の人にエッチな目をしないように」

「えっ……」

息を呑んだ。

クールな香澄が、ちょっとだけ頬を赤らめていたからだ。

(ちょっと待て。他の女の人にって。自分はエッチな目で見られてOKってこと？)

妄想が飛躍しすぎだろうか。

だが目を合わせると、香澄はまた、はにかむのだ。

(おお……も、もしかして、いい雰囲気なんじゃ……)

にへへ、と心の中でエッチな笑いをしていたときだった。

玄関から金髪ショートのギャルが出てきて、恭介は目を剥いた。

(り、梨奈さんっ？　……なんで学校に？)

梨奈はまるで恋人を見つけたごとく、楽しそうに手を振ってくる。

いつもの薄手のTシャツに、太ももの付け根まで見えそうな超ミニスカート。

ピンクのブラジャーが透けているから、さすがにノーブラではないようだ。

そっと香澄を見れば、片眉をつりあげていた。

「せーんせ、秋人のこと、いろいろありがとうね。あっ、香澄ちゃんも」

香澄が近づいてきてニッコリ微笑む。

「あの……堀田さん。服装は自由だと思いますが、学校なので、そんな破廉恥(はれんち)な服装は慎んでください」

香澄が眉をくもらせながら注意すると、梨奈はきょとんとした。

「はれんち？　ちゃんと危ないところは隠れてるけど」

「そんな短いスカートで、階段とかどうするんですか？」

「どうもしないよ。ばっちり見せちゃう。今日のも可愛いショーツだし」

そう言って、スカートをちらっとめくる。

ピンクのパンティが見えて、恭介は「うっ」と呻いてしまった。

「やーん、せんせー、エッチ」

梨奈が腕を叩いてきた。

「堀田さんっ。ここは学校ですっ！　もうっ……それで、どうしたんですか、今日は」

香澄が怒りながら尋ねる。

「どうしたって……営業よ、営業。学校の会合とかあったら、ウチのお店使ってねって直談判よ。せんせーもまた来てね。香澄ちゃんも」

「また？」

香澄が、じとっ、とこちらを睨んできた。

「……夏目先生。そんなに梨奈さんのところに、よく行くんですか？」

「い、いや一度だけです」

その一度が問題なのだが、もちろんそんなことは絶対に言えない。

すると、梨奈が入り込んできた。

「なんで香澄ちゃん、そんなにせんせーのこと気にするのよ。はは一ん、妬いてる？」

「そ、そんなワケないじゃないですか。こんなエッチな人に……」

香澄が真っ赤になって、売り言葉に買い言葉で応対する。

「へえ。なんで夏目せんせーがエッチだって知ってるわけ？　私だけじゃなくて、香澄ちゃんにも手を出したってこと？」

くらくらした。慌てたが、もう後の祭りだ。

「手を出した？」

香澄が聞いたこともない低い声を出して、また睨んできた。

「ほ、堀田さんっ、やだなあ、そんな冗談……」

笑ってごまかそうとすると梨奈は、

「あっ……店長呼んでるわ。またねー」

それだけ言って、駐車場に向かってパタパタと去っていく。

（い、言うだけ言って……フォローしてよ……）

こわごわ、香澄を見た。

（ひっ！）

麗しい顔が、鬼のような形相を見せている。

「……今の、どういうことですか。夏目先生。ちゃんと説明してください」

「は、い、いや……彼女なりの冗談ですよ」

「堀田さんが言ったこと、イエスかノーで答えてください」

冷静に責められる。

がまの油みたいに、たらたらと汗が流れてきた。死んでも真実は言えない。

「ノ、ノーに決まってます」

「ふーん」

香澄が目を細めてくる。

そのときに渡りに船でチャイムが鳴った。

「か、からかわれてるんですよっ。さあ、戻りましょう、教室へ」

慌てて校舎に入ろうと踵（きびす）を返すも、背中に突き刺される視線は殺気を帯びていた。

2

「……わかりました。じゃあ私で処理してください。私に性的な興味があるとおっしゃるのでしたら」

香澄の言葉に恭介は、

「はい？」

と、返事をするのが精一杯だった。

恭介は何度も目を瞬かせて、香澄を見た。

(俺、緊張しすぎて、おかしくなったかな……)

聞き間違えだよな……。

昼間、梨奈とのことを香澄に追及されてから逃げまわっていたのだが、当然ながら狭い学校で逃げきれるはずもなく、

「放課後、用具室で待ってますから。絶対に来てください」

と言われ、まるで囚人のように足取り重く、用具室に入ったわけである。

用具室の鍵をかけた香澄は開口一番、

「堀田さんとの関係、ホントのことを話してください」

と、腕組みして睨んできたのだが、言えるはずもなくて、とにかく汗だくでごまかし続けていたのだが、当然ながら納得してもらえずに針のむしろになっていた。

「わかりました。白状は絶対しないってわけですね」

香澄がぴしゃりと言う。

「いや白状って……」

「わかりました。夏目先生にカノジョさんがいらっしゃらないから、男性としての生理的欲求がたまって、梨奈さんに手を出すわけですよね」

「だから、違いますって」

と言っても、香澄はもうかたくなに梨奈の言うことを鵜呑みにしているらしい。

（まあホントのことなんだけど……まいったな。それにしても、なんで香澄ちゃん、

こんなに追及してくるんだろ。俺に嫉妬？　まさかなあ）

　そんなことを考えていたときだ。

「……夏目先生、私のことエッチな目で見てますよね」

「えっ、いや……」

「答えてください」

　何を訊いてるのかわからないが、とにかく頭を下げた。

「み、見てますっ。すみません……でも遠山先生って、マジで無防備なんですよ。透けブラとか、パンチラとか」

　言い返すと香澄は、さすがに頬を赤らめた。

「そ、そんなことしてません」

「いや、してますって、この前の雨の日も、ブラの模様まで透けていて、やばかったし、この前もスカートのホックが外れてたし……」

「確かに私も反省すべきところはありました……で、そういうのを見て、男の人って、エッチな気分になるんですね。わかりました。じゃあ私で処理してください。私に性的な興味があるとおっしゃるのでしたら」

　それがさっきの《私で処理してください》に、続くわけである。

恭介は狼狽えた。

（え？　今……なんて言った？）

しばし、ぽかんと香澄を見ていると、彼女はわずかに顔を赤らめる。

「で、ですからその……男の人は、たまってしまうと見境なくなるんでしょ？　私で処理すれば、そういう気持ちもなくなって、梨奈さんのところにいかなくなるのでは」

「……はあ……」

発想の飛躍に、恭介は目をぱちくりさせた。

まあ確かに香澄で抜かせてもらえれば、梨奈にエッチさせてもらいたいという気持ちはおさまるだろう。

だけど……。

（そ、それって……香澄ちゃんがエッチさせてくれるってことだよな）

こんな真面目な子が？

「ホ、ホントに……いいの？」

「ホントに、です。ですから、この場でとりあえず、してみてください」

「この場？　えっ？」

あまりに唐突に言われて、しばし考えてしまった。

「今、してみてって……？」

顔を曇らせると、香澄はジャケットの内側からポケットティッシュを取り出した。

「男の人って、これに出すんですよね」

さすがにたじろいだ。

オナニーしろということらしい。

「へ？　本気？」

「そうですよ。それ以外に何が？　私が手伝えばいいんですよね」

あっけらかんと言って、ティッシュを手渡してきた。

「そ、その……エッチをさせてくれるんでは……」

「それは無理です。だって、私はカノジョではないんですから」

きっぱり断られた。

「じゃあ、と、遠山先生が、カノジョならいいの？」

「そんなに簡単に付き合うとかだめです！　秋人くんの件で、夏目先生のことは見直しましたし……その……正直、ちょっといいな、と思ったのもありますが……」

「え？」

「でもまだ、そういう関係はダメです。男と女はもっと時間をかけてわかり合ってから付き合うんです。よって、とりあえずは性処理のお手伝いからはじめます」

オナニーの手伝い……そんな恋のはじまりなんてあるんだろうか。

だが香澄の意思は堅いようだった。

(ど、どうしよう……)

香澄に真面目な顔でじっと見られて、恥ずかしいことこの上ない。

「えーと、その……少しは見せてくれたら、なんとかなりそうなんですけど」

「何をです？」

「その……胸とか、お尻とか」

適当に言ったつもりだった。

だが香澄は本気で狼狽えた顔を見せてくる。

「な、なんで……私が……」

クールな美女が、泣きそうな顔で真っ赤になっている。

(やっぱり本気みたいだ。もしかして押せば、裸が見られるかも)

がぜんやる気が出てきた。いける。

「オナニーを手伝うって、そういうことですよ。香澄ちゃんで抜くってのは、つまりそういうこと……」

「あ、今、私のこと名前で呼びましたね」

ハッとなった。

裸が見られるかもと興奮しきっているから、もう本音がダダ漏れだ。

「ごめん。てか、もういいや。ふたりきりのときは名前で呼ぶから。だから、少しはオカズっぽくなってくれないと。いつも女の子の裸の動画とか見て抜いてるんだから」

強引かなあと思ったが、香澄はいろいろ考えて、

「うー。男の人ってなんてエッチなの……わかりました。でも、脱ぐところを見られるのは恥ずかしいから、目をつむっていてください」

「い、いいの？」

香澄は小さく頷いてから、泣きそうな目をした。

(や、やった……ついに香澄ちゃんのエッチな身体が……)

二十四歳の処女（だと思う）。

お堅い美少女のヌードが拝めるとわかれば、脱ぐシーンぐらいはガマンできる。

恭介がギュッと目をつむる。かすかに服を脱ぐ衣擦れの音が聞こえた。

（ま、マジか！　ホントに脱いでる）

さらに衣服が床に落ちる音。

（ぱさっ、て、これ……ジャケットかスカートを床に落とした音だよな）

逆に見えない方が、エロかった。

いやらしい妄想をすれば、自然と股間が硬くなっていく。

（くうう、見たいっ！　ちょっとだけなら……）

誘惑に負けて、薄目を開ける。

すでに香澄はジャケットを脱いで、白いブラウスとスカート姿だった。

つらそうな目をしながら、深呼吸した香澄は、ゆっくりとブラウスのボタンを外していく。ブラジャーに包まれた女らしいふくらみが見えてきた。

（ブラは白か……清純な子はやっぱり白だよな……それにしても、Fカップバストはド迫力だし、何よりも肌の質感が……真っ白ですべすべじゃないかよ）

相当恥ずかしいのだろう。

目の下はねっとりと赤くなって、伏せた睫毛がピクピクと動いている。

こちらを、ちらっと見たので慌ててギュッと目をつむった。

「ちゃんと目をつむっていてくださいっ」

叱咤が飛んできた。

「は、はい」

今度は言われたとおりに目をつむり、しばらく待ってから声をかけた。

「ま、まだかな」

「……どうぞ」

いよいよ許しが出た。

ドキドキしながら、目を開ける。

「ぬわっ……か、香澄ちゃんっ」

クラクラした。

白いブラジャーとパンティを腕で隠している香澄が、想像以上に扇情的だった。

(す、すげ……)

初々しい美少女のような香澄の下着姿は、人妻たちとは違った清純な色香に包まれていて、これはこれで興奮する。

これほど白いパンティが似合う女性は、いないだろうと思った。

しかもだ。

初々しいけど、身体つきは丸みを帯びていて、しっかりと二十四歳の大人の女の色香も持ち合わせている。

表情もそそった。

なんでもない風を装っているのに、目のまわりは赤く染まっている。

男の前でブラとパンティだけの姿になるのが死ぬほど恥ずかしいのに、負けじと無表情を装う健気(けなげ)さがたまらない。

「……これでいいですか？　手伝いますから、さっさと処理してください」

香澄がすました顔で足下に来てしゃがんだ。

(そ、そこで見るの？)

恥ずかしいが、思いきってズボンとパンツを膝まで下ろす。勃起が露出する。

香澄はハッとした表情をしたものの、赤くなって目を伏せながら、人差し指と親指で、勃起をつまんできた。

なんだか汚いゴミを、仕方なく触るような仕草だ。

「……な、何してるの？」

「え？　こうするんですよね、手コキって」

「いや、違うけど。もっとしっかりつかんで前後に……こう……動かして」

シコシコと手でこするフリをすると、香澄が片眉をあげた。

「そんな風に？　……うう、わかりました」

それでもまだ軽く握ったままだ。

正直なところ、もっと強く握って欲しいと思うのだが、お堅い女教師が自分のイチモツを触っているというだけで興奮してしまう。

「い、いいよ。あっ、おっぱい隠さずに、ちゃんと見せて」

言うと、香澄はまた「ううう……」と唸りながら、手を下にだらんとして、白いブラに包まれた豊満なバストをさらけ出した。

（で、でっか……Ｆカップだもんな。ああ、触りたいのに……くっそ……なら、目に焼きつくほど視姦してやる）

目を見開き、じっと眺める。

くっきりした目鼻立ち、真面目な教師らしいポニーテールのよく似合うさらさらの黒髪、透き通るような白い肌、形のよさそうなＦカップのバストに、意外とふくよかな下腹部、それを覆う清純そのものの白いパンティ……。

（さ、最高だ……抱きたいっ）

頭の中で香澄を組み敷いたところを想像する。

それだけで尿道が熱くなってきた。

ハアハアと息があがり、そして……また別の欲望が……。

（せっかくだったら、お堅い女教師にぶっかけてみたいっ）

お姫様を、自分の汚い欲望で穢(けが)してみたくなってきた。

「か、香澄ちゃん。その……ちゃんと拭くから、か、身体にかけてもいい？」

香澄が見あげてきて、きょとんとした。

だがすぐに意味がわかったらしく、片眉を釣りあげた。

「何を言ってるんですか。そんなのいやですっ……あれ？　ティッシュは」

「あ、ないね。あっ……もう間に合わないよ」

「ええ？　で、出そうなんですか？」

訊かれて、頷いた。

香澄はキョロキョロしていたが、ポケットティッシュが見当たらないと悟ったらしく、深いため息をついてから、しゃがんだまま目をつむって顔を近づけてきた。

「ど、どうぞ」

大きく赤い舌を出してきたので、ドキッとした。

「は？　え？」

狼狽えていると、香澄がちらっと片目を開ける。

「こういうのって、女性が口で受けとめるものなんでしょう？　それくらい知ってますから。身体にかけるのはやめて、私のオクチにしてください」

自信満々に間違ったことを言われて、苦笑しそうになった。

（ぶっかけはだめで、口内射精はＯＫ？　なんて偏った性知識。ザーメンが汚いものだと自覚してないのかな？）

何も知らない子に口内射精……罪悪感が湧いてくる。

でも……ザーメン受け入れＯＫサインで、小さな口を開けて「どうぞ」なんて、そんなエロい仕草を見せつけられては、もうダメだった。

「うっ、出る……ああ、香澄ちゃん……で、出るるっぅぅぅ！」

イケナイと思いつつも、切っ先を香澄の舌と口に向けてしまう。

見慣れた白い粘着性の塊が、すさまじい勢いで噴出し、あっという間に香澄の舌や喉を白濁で汚していく。

「ンンッ……」

さすがに香澄も驚いたようで、顔を強張らせて身体を震わせていく。

それでも口は閉じないで、恭介の出した精子を受けとめていた。

薄暗い倉庫の中でも、香澄のピンク色の口内が、自分の白い汚れた子種でべっとりと塗られて、喉に垂れていくのが見えた。

（うっわ、エロッ……）

香澄はもう出ないとわかったのか、ようやく口を閉じた。

そしてそのまま、ごくっと喉を鳴らしたのだった。

（へっ？　の、呑んだ……俺の精液を……こんな可愛い子が胃に流し込むなんて……）

「お、おい……ッ」

慌てて声をかける。案の定だった。

下着姿の美女は床に手を突いて、

「げほっ、げほっ……」

と、何度も咳き込んでいる。

「だ、大丈夫？」

訊くと、香澄は涙目で何度も「平気」というように頷いた。

「喉に……夏目先生のが、からまって……えほっ、えほっ……うー、に、苦いんですね、精液って」

苦いと言いつつ、意外とけろっとしているので、びっくりした。

「あの……イヤじゃないの？」

「何がですか？　夏目先生の精液を呑むこと？　別にイヤではないです」

平気なのか……。

拍子抜けしたと同時に、欲望が湧いた。

「じ、じゃあ、出したくなったら、また呑んでもらえたりするのかな」

香澄は服を着ながら「うーん」と唸った。

「たまになら……呑んであげます。それでいいんですよね」

3

と、香澄に誓わされても、だ。
《これからずーっと梨奈のものになるならぁ、もーっと気持ちよくしてあげるけど、どう？》
恋人なのか、セフレなのかわからないけれど、この梨奈の言葉が頭から離れない。
田舎の可愛いギャルママも捨てがたいのだ。
（優柔不断だな、俺……）

金髪ショートの似合う、小麦色の肌のギャルママ、超絶可愛い二十六歳。

セミロングの黒髪。人形のような端整な顔立ちの美少女風の二十四歳。

共通しているのは、どちらもスタイル抜群ということだ。

まさか田舎に、都会でも見なかったような美人がふたりも……。

選べない。

どっちも捨てがたい。

そんなときに、だ。

「せんせー、今夜ひま？　子どもたちは実家に行ってるから、久しぶりにフリーなんだ。朝までエッチしまくっちゃう？　いいよね？　せんせーは梨奈のものだもん」

こんなLINEを愛らしいギャルママからもらったら、拒める男なんているんだろうか。

（ごめん、香澄ちゃん）

その日の晩、梨奈は居酒屋のホールを急遽手伝うことになり、残念ながらイチャラブ家庭訪問はお流れになってしまった。

だけど、「せっかくだから夕飯食べに居酒屋に来ない？」と誘われて、梨奈がホールで働く居酒屋に出向いたわけである。

行ってみて驚いた。

(は、裸エプロン!)

フリルのついたエプロン一枚で働く梨奈を見て、恭介は固まった。

太もも、肩、脇腹と全部見えていて、褐色肌のギャルママがエッチな裸エプロンで働いていたのである。

「ウフッ。せんせーもうれしそう。やっぱり男の人って裸エプロンが好きなんだぁ。スケベなんだから……」

金髪ギャルが小悪魔っぽい笑みを漏らして、くるりと背中を見せる。

ホットパンツに、裾の短いキャミソールという格好で、それが前から見たらエプロンに隠れて見えなかっただけだったのでホッとした。

(しかし、すごい身体だな……くうう、俺はこの身体を抱いたのか……こら、オヤジたち、じろじろ見るなっ。梨奈さんはもう俺のもんなんだから……)

優越感と独占欲から、もう他の男に梨奈の肌を見せたくないような、それでいて自慢したいような、複雑な気持ちになる。

「せんせー、カウンター座ってて。ビールでいい?」

「は、はい」

カウンターの端に座ると、疑似裸エプロンの梨奈が、すぐに生ビールのジョッキを持ってきてくれた。

「あと、これお通し。あけびを炒めたのよ。珍しいでしょ？　私のアイディア」

小皿が置かれて、ほんのり醤油の焦げたいい匂いがした。

家庭的なところもあるんだなあと、梨奈を見ると、

「ん？　なあによ」

梨奈が顔を向けてきた。

エプロンから、キャミソールが覗けた。おっぱいの谷間も見える。

「い、いや、刺激的な格好だなと思って……」

「ウフッ」

含み笑いをした梨奈が、耳元に顔を寄せてきた。

「……奴隷のくせに、生意気なこと言うんだ。今度はせんせーのおうちで、ホントに裸エプロンになるから、奉仕してね。梨奈の汗で蒸れたおまんこを、ちゃんと舌でキレイキレイするんだよ」

とんでもないことをささやかれて、赤くなる。

梨奈は「えへへ」と、ちょっと恥ずかしそうにしながら、仕事に戻っていった。残

された恭介に、客のオジサンたちの視線が刺さる。

(看板娘を狙ったって、だめですよ。こっちは梨奈さんの母乳まで味わったし……)

妄想していたら、勃起が硬くなってきた。

(ほんとなら今日は彼女とイチャイチャできたのになあ……)

はあっと嘆息してから、生ビールを呷る。

梨奈は、とにかく忙しそうだった。

なにせ、オジサンたちのテーブルをまわれば、なかなかオジサンたちは梨奈を離してくれないのだ。

飲んでいると、ほどよく頭が痺れてきて、だんだん嫉妬が芽生えてきた。

そんなもやもやを抱えたまま手洗いに行くと、「五分だけお待ちください」と看板が出ていた。

「ん?」と思って覗いてみると、梨奈が掃除していた。

(こまめだなあ……ん?)

腰を折って、お尻を突き出すような体勢だ。

ホットパンツの丈が短かすぎて、ピンクのパンティと、水着痕のついた白茶のまだらなヒップが見えて、しかもくなくなと揺れていた。

（まあた、あんな無防備で……オジサンたちに襲われたら、どうするんだよ）

入るなという看板を無視して中に入り、後ろから梨奈を抱きしめる。

「あんっ……せんせー、なあに、だめよ、まだ仕事中……」

「だって。オジサンと楽しそうに喋って、こっちに来てくれないし」

梨奈は肩越しに顔を向けてきて、クスクス笑う。

「ウフッ。かーわいい。嫉妬してるの？」

「しますよ、それは……今だって、ホットパンツの隙間から、パンティ見えちゃってるし。襲われたりしたら……ホットパンツの丈が短かすぎるんです。下着は脱いだ方がいいですよ」

「ノーパンで働けっていうのぉ？」

肩越しに梨奈が流し目で見つめてきた。

「ノーパン。いいですね。今度、家に来たときも……」

「ウフ。手っ取り早くやりまくるつもりなんでしょ？　エッチぃ……ウフフ。ねえ、今する？　あんまり時間ないけど手早くできる？」

「は、はい……もうやばいくらい、大きくなってます」

「奴隷くんは、おさかんねえ」

やれやれという感じで、梨奈は目を細めると、トイレの壁に両手をついて、尻を後方に突き出してきた。

恭介は両手を前にまわし、梨奈のホットパンツのフラップボタンを外してファスナーを下ろし、パンティとともに足首までズリさげた。

(ぬおっ……ッ)

尻奥の方のザクロのようなワレ目から、甘酸っぱいような、生臭いような、ムンとした牝の匂いが漂ってきた。

ずっと立ちっぱなしで、アソコが蒸れているのだろう。

もあっとした湯気のようなものが出てきたのかと錯覚するほど、梨奈の股はムレムレだった。

「汗ばんでますね。梨奈さんの汚れた部分、舐めてキレイにしますね」

「あんっ、いい子ね……あっ……あっ……」

丸みのあるお尻の谷間に顔をつけ、ヒップの弾力を頬で味わいながら舌を伸ばしてワレ目をなぞる。

丹念に舐めていると、すぐにとろとろと蜜があふれてきた。

「ああ、もうこんなに濡れてきました」

「だって、この格好だと、みんなからいやらしい視線を感じるんだもん。せんせーも、私のことエッチな目で見てたでしょ……ああんっ……ンゥッ！」

舐めると、梨奈はビクッとして喘ぎ声を漏らしたが、ここが居酒屋のトイレだと気づいたのか、すぐに手のひらで自分の口を塞いだ。

(ガマンしてる梨奈さん、そそるっ)

たまらず、もっと舐める。クリも刺激してやる。

すると梨奈は、お尻を突き出した格好のまま、ぶるぶると震えはじめた。肩越しに目を向けてくる。

「エッチな舐め方して……お願い……早く梨奈を犯して」

言われて恭介は立ちあがり、ズボンとパンツを下ろして、バックから突き入れようとした。

そのときだった。

「あっ、せんせー、やばっ……梨奈……排卵期だった」

「えっ？　は、はいら……」

「赤ちゃんできやすい時期ってこと。どうしよう……梨奈もすごく欲しくなってるのにぃ……せんせーもここでやめたら、つらいよね。梨奈、してもいいよ。せんせーになら種付けされてもいい」

潤んだ目で言われて、うっ、と思った。

(り、梨奈さんを、マジで妊娠させる……)

一瞬、香澄の顔が浮かんだ。

しかし、もうヤリたくてたまらず、理性が振りきれそうだ。

(でも、できやすいっていっても、絶対にできるってワケじゃないし)

いろいろ考えていると、梨奈が「ねえ……」と甘えた声を出してきた。

「……梨奈のお尻、あげよっか?」

豊かなヒップを振りながら、梨奈が恥ずかしそうに告げた。

「へ? お、お尻?」

ハッとした。

「まさか……ア、アナルセックス……ですか?」

「イヤ? だよね、怖いよね……梨奈もお尻の穴におチンポ入れられるのって、すごく怖いけど、せんせーだったら処女アナル捧げてもいいかなって……」

梨奈がしおらしく言ったので、驚いた。

高飛車の梨奈なら「やりなさい」と、命令するところである。

（それだけお尻の穴って覚悟がいるんだ……そうだよな……そこまでの覚悟……俺も梨奈さんのすべてが欲しいし……初めてをこの俺に……）

恭介は唾を呑み込んで、返事をする。

「ホントに……ここに、入れていいんですね」

「梨奈のお尻、イヤじゃない？」

「イヤなんてないです。むしろ……梨奈さんの初めてが奪えるなら」

「ウフッ……いいよ、せんせーなら。梨奈の身体、いーっぱい好きなように使って欲しいの……お尻も、おまんこも、オクチも、ぜーんぶ、せんせーのものにして……っていうか、私が奴隷になっちゃってるじゃん。恥ずかしいな……」

照れて、そっぽを向くギャルママが可愛らしかった。

「じ、じゃあ……」

「うん。その洗面台のハンドソープ使って。泡がたくさん出るから……」

言われるままにたっぷりと泡を手にとってから、勃起に泡を塗りたくり、さらには梨奈のお尻の穴にも、そっと指を入れていく。

「あっ……！」

お尻に指を入れられた梨奈が大きくのけぞり、ガクガクと震えた。

（こ、これが梨奈さんのお尻の中……襞があって締まりがすごい……）

不安はある。

だけどその不安よりも、梨奈のお尻を犯せば旦那よりも深くつながれる、という征服欲の方が強かった。

指で念入りに梨奈のお尻にソープを塗りたくってから、こわごわ泡まみれの切っ先を肛門に近づける。

息がとまりそうなほど、興奮する。

「い、いきますよ」

声をかけると、梨奈が肩越しに小さく頷いた。

お尻の穴に先端を押しつけ、「えいっ」とばかりに、ぐっと力を入れた。

ぐにゅっとした抵抗があったが、それを突破すると、にゅるりと亀頭部が梨奈のアヌスに潜っていく。

「あんっ……ああ！　お、お尻の穴、広がって……ああんっ、せんせーのがお尻に入ってくる……ッ……これが後ろのセックスの感覚ッ……はああんっ……」

梨奈が背中を震わせる。

壊れてしまいそうな緊張感が走る。

「は、入ってますっ……梨奈さんのお尻に……僕のチンポが……」

「ねえ、せんせー……大丈夫みたい。そのまま梨奈のお尻を犯して……」

言われるまま、ゆっくり奥まで入れていくと、

「あんっ、お尻の中……せんせーの形になってく感じっ……重くて……すごくへんな気持ち……でも、ああんっ……ゾクゾクするっ」

梨奈がのけぞった。

相当に気持ちいいらしく、お尻が締まってくる。

括約筋の締めは、おまんこより強い。

「あんっ、入れちゃダメなところ……すごく感じるっ……」

恭介は手を梨奈の身体の前にやり、梨奈のおまんこに触れる。

とろみのある本気汁っぽいものを指先に感じた。

(本気にお尻で感じてるんだ)

少し安心して、腋の下から手をまわし、梨奈のキャミソールをまくりあげ、手を差し入れる。

肩紐のないブラがあった。

カップを強引にめくると、プツッと音がした。

ブラのホックが外れたらしく、ピンクのブラがトイレの床に落ちた。

拾ってあげたいけど、そんな余裕もなく、夢中でエプロンの中の生乳を、もみもみとかわいがってやる。

「あんっ、だめえっ。そんなに揉んだら、梨奈、ミルク出ちゃうっ……お尻の穴が気持ちよくて母乳出しちゃったら、梨奈ってヘンタイだよぉ……」

泣き顔で言うものの、快楽には抗えないようだ。

「僕だって、ヘンタイです。仕事中の梨奈さんのお尻を犯すなんて……ああ、でも、これ、すごく気持ちいいっ」

気がつくと、根元までを埋めて、出し入れしていた。

(人妻の、前も後ろもいただいちゃった。最低の教師だ)

そう思うのに、大切な排泄器官を性器に見立てて犯す背徳は、一度味わったらやめられない。

梨奈も次第に馴染んできたのか、ゆっくりと尻を振ってきた。

「くうっ……梨奈さんっ、そんなにお尻を押しつけたら、根元まで刺さっちゃいます」

「だってぇ……ひゃああんっ……らめぇ……お尻……いいっ……やばっ、お尻もいいかもぉ……やはあんっ……梨奈っ、せんせーのおチンポっ、好きっ……しゅきぃ！」

相当いいらしく、梨奈の呂律がまわらなくなってきた。

(今、店にいるオジサンたちは、梨奈とあわよくばなんて、狙ってるんだろうな。まさかトイレでお尻を犯されてるなんて、夢にも思わないだろ)

優越感に浸りながらむさぼっていると、やがて肩越しに梨奈が唇を突き出してきた。キスをおねだりする顔だ。

バックからアナルに入れながら、唇を押しつける。

「んふんっ……ううんっ……んーっ……」

んちゅ、んちゅっ……ちゅぷっ……ちゅ、ちゅっ……チューッ……。

今までになく、イチャイチャしたベロチューだった。

お尻でつながりながらのキスは最高だ。

激しい欲情を覚えてまた、梨奈の身体に溺れていく。

ミルクの垂れるおっぱいをいじり、お尻を奥まで犯し……可愛いギャルママの身体を存分に味わいながら、いよいよ射精を感じて抜こうとしたときだ。

「梨奈ちゃーん、そろそろ清掃終わったぁ？」

店長の声だ。

(覗かれたら、終わるっ……)

そのときだった。

「もう終わりますからぁ、今行きまーす」

梨奈が答えるのと同時だった。焦ったのか驚いたのかわからないが、梨奈のお尻がキュウウと締められて直腸の襞がからみついてきた。

「ぬわっ……ああっ、だめっ……そんなにしたら、お尻の中に出しちゃいますっ」

梨奈の耳元で叫んだ。

彼女は頷く。

「ああんっ……いいよ、せんせー、梨奈のお尻の中に出してっ……梨奈の身体、せんせーの精液まみれにして……」

せがまれた瞬間だった。

恭介はガクガクと足を震わせながら、梨奈のお尻の中で射精した。

快楽の中、じんわりと梨奈のお尻の中に白濁が染み入っていくのを感じた。

「あんっ……んぐっ！」

お尻の奥で精を浴びた梨奈は、口元を手で覆いながら、全身をのけぞらせ、そしてガクガクと震えた。

（り、梨奈さん……アヌスでイッたんだ）

最後の一滴まで、梨奈の身体の奥に注いだあと、イチモツをお尻から引き抜いた。

梨奈はふらふらしながらも、ゆっくりこちらを見た。

「ウフッ……お尻の中、せんせーの精液ですごく熱い……ああん、恥ずかしいな……初めてのお尻でイカされちゃうなんて……」

「僕も……最高でした。梨奈さんのお尻……あ、そろそろ時間」

「そうだった」

梨奈は服装を整えて、チュッと恭介の頬にキスしてから、慌てて手洗いから出ていくのだった。

（あんなにイキまくるんだったら、梨奈さんの方が《おチンポ奴隷》じゃないのかなあ）

そう思いつつ、恭介も服装を整えて店内に戻る。

梨奈は何事もなかったように、看板娘として働いていた。

「はあい、生ビール……ウフフ。いつもありがとー、おじさーん」

「今度、一緒に呑もうよ、梨奈ちゃん」

オジサンたちが色目を使う中、梨奈がウインクしてきた。

（可愛いよなあ。ああ、今、梨奈さんのお尻の中に、俺の精液があるんだな……）

梨奈のヒップを見ていると、太ももの内側に白濁液が垂れてきたのが見えた。

（や、やばいっ……逆流してきちゃったんだ）

梨奈も気づいたらしく、こちらをチラッと見て苦笑いしてから、調理場の方に引っ込んでいく。

（もう最高すぎっ）

梨奈のことを好きになってしまいそうだった。

香澄には申し訳ないなと、心の中で謝りつつ、アナルファックの余韻に浸っているときだ。

「まあた。エッチな目をしてますね、夏目先生」

「え？」

横を見ると、いつの間にか香澄が立って睨んでいたので、恭介は「ひっ」と椅子ごとのけぞり、そのまま倒れてしまった。

第五章　セーラー服の熟女と密会

1

「お、おじゃまします。すみません、こんな夜遅くに」

ガチガチに緊張しながら、恭介は香澄の家の玄関で靴を脱いだ。

「私が誘ったんだから、いいんです」

香澄がスリッパを出してくれた。履いて中に入る。

（うわあ、女の人のひとり暮らしの家……初めてだよなあ。それも夜遅くになんて刺激的な家庭訪問だ……）

部屋の中に香澄のいい匂いがムンムンとしているのが、まず自分のアパートとは全然違う。

リビングもシンプルだ。

ラグの上にローテーブル。テレビと本棚。本棚は教育関係の本と恭介は読んだことのない小説ばかりで、漫画の類(たぐ)いはなかった。

「適当に座っててください」

香澄がそう言ってから、隣の部屋のドアを開けて入っていく。

ちらりとベッドが見えたから、おそらく寝室だろう。

ドキドキと胸が高鳴ってきた。

つい三十分ほど前のことである。

香澄は梨奈の働く居酒屋に入ってきたとき、

「偶然に入ったら、たまたま夏目先生がいらっしゃって」

というようなことを口にしていたが、自分のスマホに香澄の着信履歴が残っていたのを見て「カンが働いたんだな」とわかった。

梨奈は香澄を見て、すぐにピンときたようで、

「あれ？　香澄ちゃんがいる。なあに、残業だったの？　にしては、なんで自分の家と反対方向のウチの店にいるわけぇ？」

と、イタズラっぽい笑みで香澄を見ていた。

だが、香澄はいたって冷静だった。

「何か誤解されているようですけど、たまにはここで遅い夕食をとろうかと思って入ったんです。そしたら、夏目先生がいて……ちょうどよかったです。これから一緒にイジメ防止策のプリントをつくる予定でしたので」

恭介は「は？」と思った。

（そんな約束してないけど……）

訝(いぶか)しんだ目をしても、香澄はすまし顔だ。

梨奈は香澄の話を聞いて、「ウフッ」と大げさに口角をあげた。

「ふーん。こんなに遅くに？　大変ねぇ。もう少し、せんせーとイチャイチャしたかったんだけどなあ。ざーんねん」

梨奈の言葉に恭介はビールを吐きそうになった。

香澄はちょっとムッとした表情。

ふたりの間に火花が散る。

しかし、香澄はその挑発には乗らなかった。

ひくひくと頬を強張らせたものの、

「行きましょう、夏目先生」

と、まだビールの残る恭介の手を引っ張り、会計して居酒屋を出た。

どうするのかと思いきや、そのまま恭介を自宅に招き入れたのだった。

(なんで家に入れたんだろ……)

本当にイジメ防止のプリントを作成したいと思ったのか、それとも梨奈とのことをねちねちと咎めるのか……。

そんなことを考えていると、香澄が着替えて戻ってきた。

(えっ?)

ギョッとした。

上はタンクトップに、下はショートパンツである。

(ろ、露出が……胸も見えそうだし、ふ、太ももが……)

誰が着てもセクシーだと思うのに、普段は肌を見せない香澄がそんなものを着てきたから、余計に驚いてしまう。

鼻の下が伸びていたのだろう。

香澄が、じとっ、と睨んできた。

「どうしてそんな、すぐエッチな目ができるんですか。普通の格好なのに」

「いや、まあ、そうなんだけど……香澄ちゃんが着てるから……あ、あんまり太ももとか見たことないし」

　正直に言うと、香澄がちょっと照れた顔をする。

「そういうのに、ごまかされません。約束破りましたよね」

　咎められてギクッとした。

（だ、だけど……なんでここまで怒られるんだ）

　精液を呑んでくれたけど、カノジョではない。

　だったら束縛なんて意味がないのでは……と思う。

「や、約束ったって……カノジョじゃないし」

　反抗すると、香澄が冷静に言った。

「わかりました」

「え？」

「きっとサービスが足りないから、梨奈さんのところへ行っちゃったんですよね」

　そういうわけではない。

　男は、何人でもキレイな女の子とならヤレるのだ。

　と思ったけど、そんなこと口にしたらたたき出されそうだから黙っている。

「いや、そういうわけでは……」

「……オクチでしてあげましょうか？」

「は？　は？　え？」

香澄が恥ずかしそうにしている。

「この前、いやだって言わなかった？」

尋ねると、香澄はムッとした顔をした。

「この前はこの前です」

「フェラチオ、やったことあるの？」

「……ないですけど。それくらいわかります。でも、今日は精液を呑ませないでください」

また面倒なことを言い出した。

「それって、射精するなってこと？　フェラチオされて射精禁止なんて……」

「違います……その……つ、続きができなくなるから……」

「ん？　続き？」

何のことだろうと聞き返すと、フランス人形のような可愛らしい顔が、今までになく真っ赤になって狼狽えたのでびっくりした。

「フェラチオの、つ、続きです……その……できないんでしょ？　男の人って、一度出したら続けてはできないんですよね」

なんのことだろう。

（フェラチオして、射精しなくて、そしてその続きって……）

ハッとした。

「続きって、まさか、セ……セックスってこと？」

はっきり口にすると、香澄は真っ赤になって頷いた。

くらっとした。

「本気なの？　その……処女だよね。セックスって、わかる？」

ちょっと言い方が悪かったようだ。香澄は真っ赤になって睨んできた。

「バカにしないでください。その……たくさん精子が出るそれを、私の中に入れるんですよね」

思わず頷いた。

（合ってる……けど、なんていうエロい表現……）

香澄は背中を向けると、棚をごそごそしてから、小さくて四角い袋を取り出した。

なんだ？　と目を細めてみればコンドームの袋だ。

「これをつければ……いいんですよね」

一応はわかっているようだった。

(しかし、いいのか……処女ってことは、香澄ちゃんの初めてになるんだよな)

二十四歳とは思えぬ童顔で、大きな目のお人形さんみたいな子で、そのくせFカップの痩せ巨乳である。

(いいんだろうか。でも……や、やりたいっ……香澄ちゃんと……)

こんなチャンスは絶対にない。

「だったら、その……フェラじゃなくて」

鼻息荒く言うと、香澄は恥ずかしそうに伏し目がちになりながら、

「いいですよ。どっちでも……じゃあ、ベッドに……」

と、隣の部屋のドアを開けて、

「どうぞ」

と、あっさり促してくるのだから、心臓がバクバクした。

2

隣室は大きな窓があって、レースカーテンだけ閉じられている。

月明かりが差し込んで部屋の中がぼんやり見える。

「あの……電気はつけても……」

「だめです」

ぴしゃりと断られた。

香澄はベッドの前でしばらく立ち尽くしていたが、もそもそと布団に潜り込んで、手だけ出して、ショートパンツと白いパンティをベッドの隅に置いた。

（か、下半身、何もつけてないっ……香澄ちゃんが……）

恥ずかしいのか、上は脱がないようだ。

でもこちらはもう臨戦態勢だから、ズボンとパンツどころか、シャツも脱いで全裸になって、こそっと布団の中に潜り込む。

ふにゅっとした柔らかい香澄の身体があった。

「あんっ……」

肩を触っただけで、香澄が甘い声を漏らした。

「あ、あんまり触らないでください」

「触らないと、できないよ……」

「……わかりました。ちょっと待っててください」

香澄は布団の中で手を伸ばして、勃起をギュッとつかんできた。

「ぐっ！」

いきなり根元を握られて、思わず腰を引く。

「あんっ、なんか先端から、おつゆみたいのが出てます。もしかしてもう射精……」

「いや、それはその……興奮すると出てくるガマン汁ってヤツで」

「……へんな名前ですね。でも、ぬるぬるしてるから、つけやすいかも……」

「へ？」

香澄の手で、いきなり亀頭部にゴムのようなものが被せられた。

コンドームだ。

「なっ！　つけ方、知ってるの？」

驚いて訊くと、香澄は布団から顔を出して、ちょっと得意げな表情をする。

「インターネットで調べました。うまくできました？」

「ああ、うん……」

根元までぴったりと包まれている感触がある。ばっちりだ。

付け方をひとりで練習したんだろうか？

「じゃあ、どうぞ……」

香澄はベッドに仰向けになって、枕で顔を隠した。

「いや……ちょっと、顔を見せてよ」

枕を取ろうとしても、すごい力で押さえつけられている。

顔を隠したまま香澄はいやいやした。

（マジかよ……顔を隠したままか……）

がっかりした。とはいえだ。

目の前に下半身丸出しの清らかな美女がいて、勃起にはもうコンドームが装着されている。

顔が見えなくても、妄想しただけで怒張はビンビンである。

なんだかちょっとへんな感じだが、まあいいや。

恭介はゆっくりと香澄の両足を持って開いていくと、うっすらとピンクの花びらが見えてきた。

（うわっ、キレイ……）

暗がりでも、使用した感じのしない、薄いピンクの処女まんこだとわかる。

「あ、あんまり見ないでください」

香澄は枕で顔を隠しながら、ハアハアと息を荒げている。

かなり恥ずかしいのだろう。

足が震えていて、ちょっと可哀想になるくらいだ。

（しかし、匂いが……なんか生臭いけど……これが処女の匂いなのかな？）

香澄の肌の甘い匂いよりも、ツンとした匂いが鼻先に漂う。

薄ピンクの清楚まんこと、性臭のギャップが生々しい。

「じゃ、じゃあ……僕が初めてでいいんだね」

「う、うーん……仕方ないです」

恭介は躊躇した。

（仕方ないって、何？　もしかして……俺のこと好きとかじゃなくて、ホントに梨奈さんへの対抗心だけでセックスする気では？）

そんな不安も出てきたが、もうここまできて、とめられない。

欲望のままに、小さな膣穴に先端を押しつけた。

（き、きつッ！　何これ）

まるで塞がれているようだが、間違いなくここだと、グッと力を入れると亀頭が狭い入り口をこじ開けた。

「ンッ……あんっ……入ってるっ……あんっ、待って！」

わずかに先っぽを入れただけで、香澄は甘い声を漏らした。

「痛い？」

まだ処女膜には達していないようだが、とにかくキツキツなのだ。

これは痛いだろうなと心配になって訊くと、枕からちらりと半分顔を出して、こちらを見つめてきた。

「……まだ痛くない……けど、すごい……先っぽ入れてるだけなのに、広がってる感触があって、なんか怖い……」

薄明かりにチラッとだけ見えた香澄の泣き顔は、すでに女の表情だ。

いつものクールさと違い、色っぽくてたまらなくなる。

「動かしたら、まずい？」

「だめっ！　絶対だめですっ……奥までは……」

「奥までは入らないよ。じゃあ、少しだけ」

中途半端なところまで入れて、小刻みに腰を振ってみた。

それだけで香澄は、

「んんっ……あっ、あっ……だめっ……ああんっ……ああっ……だめぇっ」

と、枕で隠しながら、よがり声を放つので驚いた。

（いきなり感じた声……こ、これなら……だ、大丈夫かな……）

もう少し腰を強く入れると、奥から、じわあっと愛液が染み出てくる。

媚肉が柔らかくなってきたようで、馴染んだのか抽送（ちゅうそう）すると、ぐちゅ、ぐちゅ、と結合の音が響いてくる。

「あっ……あっ……はあんっ……ああんっ……おっき……やだっ……」

まだ先っぽだけとはいえ、不安らしい。

枕から見える目は涙で濡れている。

でも、自然とエロい声が出てしまうようだし、目が慣れてくると、キャミソールに乳首がポツッと浮いているのが見えた。

（ええ？　香澄ちゃん、やっぱりもう……か、感じてる？）

感度がいいのか。初体験で感じているようだ。

（くうう、気持ちいい……ああ、Ｆカップのおっぱい触りたい。抱きしめてキスしてみたい……でも怒るだろうな……）

まあでも、そんなことをしなくても香澄が感じてるエッチな声だけで、十分に興奮は高まった。

何よりキツいおまんこの具合がよすぎたのだ。

射精の予兆を感じた。ガマンしようと思ったのに油断した。出てしまいそうだ。

「ああ、香澄ちゃん……出そうっ……ゴムしてるから、いいよね」

「ええっ！　だめですっ……膣内射精なんて……早く抜いてくださいっ」

「は？　いや、でもコンドームつけてるし……」

「だめですっ、そ、外にっ」

ここでも香澄の知識は偏っているようで、ゴムをしていても膣内で射精したら、中出しだと思っているらしい。

「いや、でも、もう無理……イクよ……ああっ……このまま、中で……」

「だめですってば……だめえっ……やああんっ……！　許しませんっ、絶対に、中で出すなんてっ」

香澄が枕を投げようとしたそのときだ。

「ぐううう、あっ……」

切っ先から熱いものが出るのを感じて、恭介はビクッ、ビクッと腰を震わせる。

ゴムの中に温かい精液が、たっぷりと満たされていくのを感じた。

香澄は驚愕に目を見開く。

「あンッ……出し……た……いやあんっ、精子が私の中に……あっ、ああん」

ゴム内射精のはずなのに、香澄は感じたようで背中を浮かせた。

そして……激しく、ビクッ、ビクッと痙攣したから、驚いた。

「えっ？　今の痙攣って……まさか……イッたの？」

こわごわ訊くと、枕を外した香澄が嗚咽を漏らした。

「だって……き、気持ちよかったんですっ……ぐすっ……でも……ああん、ばかっ、恭介さんのばかっ……私……もしできても、ちゃんと育て……」

泣きながら、責めるような目を見せてくる。

とんでもないことを言い出したので、恭介は慌てた。

「ま、待て待て……だから、ゴムがあったから、中出しじゃないんだって。精子が届かないんだから受精も何もないでしょ」

説明すると、香澄は、

「……あ、確かに……」

と、納得した表情を見せてくる。

「で、でしょ……あれ？　今、俺のこと名前で呼んだ？」

香澄はハッとしたような顔をした。

「だ、だって……気が動転していて……あ、でも恭介さんも、自分のこと『俺』って」

「え？」

びっくりした。

確かに人前では「僕」で通していたのに、気を許してしまった。

名前や、俺という呼び方が、ふたりの距離を縮めたような気がした。目を合わすと、香澄がニコッとする。

「痛かった？」

「ううん……だって、血はないし……」

「血？」

股間を見る。

ゴムに血がついていないことに「あれ？」と思った。

「まだ奥まで入れてないから、処女膜を破ってなかったのかな」

「そうみたい……だからあんまり痛くなくて、むしろ……」

「むしろ？」

続きを訊こうとしたら、香澄はその言葉を無視して、話をそらすように股間をまじまじと眺めてきた。

「すごい量……」

「香澄ちゃんだから、こんなに出たんだよ」

すっと口をついて出た言葉に、香澄は顔を赤らめた。

「……ばかっ……」

口を尖らせる香澄が、可愛くて仕方ない。

(なんか、セックスしたからか……よそよそしさがなくなったような……あんなにクールだったのに)

うれしかった。

やはりセックスしてよかった。

ならば……ここで一気に距離をつめたくなった。

コンドームを抜き取る。亀頭部は白濁液でぐっしょりと濡れていた。

「そ、その……さっき言ってたフェラもお願いできたら……」

香澄が唖然とした目を向けてきた。

「ま、まださせるの？　もうっ……それも、したことないのに」

「わかってる。でもちょっとだけ。お願いっ」

手を合わせて拝むと、香澄はため息をつき、顔を近づけてくる。

恭介が仰向けになると、足の間に座り、ピンクの舌を伸ばして舐めてくれた。

れろっ、れろっ……。

最初はおずおずとだったが、次第に熱がこもってきて、大胆に舐めてくる。

「いいよ。上手だよ」

と、多少過剰におだてると、香澄は頬をふくらませる。

「調子がいいんだから……」

ちょっと怒った様子を見せつつ、香澄は唾液混じりの勃起をまじまじと見てから、おもむろに口を開けて咥えてきた。

「おおっ……」

正直、上手ではない。

だけど可愛らしくて真面目な女教師が、汚れたチンポを咥えている光景が、興奮を呼ぶのである。

「ううんっ……」

香澄がつらそうな上目遣いで見あげてくる。

口の中で勃起が脈動したのだろう。

だが、吐き出すこともなく、じゅる……じゅるる……ちゅぷっ、じゅぷっ……と音を立てながら顔を打ち振ってくる。

「大丈夫？」

恭介が上体を起こして訊くと、香澄はちゅるっと勃起を吐き出し、

「うん……へーき、それよりフェラチオってすごく興奮する」

恭介はびっくりした。

見れば、確かに四つん這いのお尻が、もどかしそうに揺れていた。しかも片手が香澄自身の股間をギュッと押さえ込んでいる。

(フェラして興奮するって……まさか、濡れてきているんじゃや……)

おしゃぶりして、おまんこを濡らす……それはかなりのエッチ好きじゃないと、そんなことにはならないだろう。

(香澄ちゃん……もしかして、意外に好き者？)

などと考えていると、今度はグッと根元まで咥え込んできた。

「ぬわっ……」

咥えながらも、舌でねろねろと舐めてくるのが、気持ちよすぎる。

「んっ……んっ……んっ……」

鼻奥で悶えつつ、さらには大きく顔を打ち振ってきた。

かなりいい。すごくいい。

「くぅっ……か、香澄ちゃんっ……」

出そうだ、と告げようとしたときだ。

香澄が身体を震わせて、ハアハアと息を荒げてきた。

やはりつらいのだろうか。

「か、香澄ちゃん……やめていいよ」

心配になって声をかけると、彼女は勃起を口から出して、伏し目がちに、ぽつりとつぶやいた。

「ううん、やめない……だって、舐めてると……イッちゃいそう……」

「え？」

聞こえなくて、身体を起こして顔を近づけると、怒ったようにムッとした顔をしてから、ちょっと不安げな顔をする。

「……多分なんだけど……またイクと思う……」

「は？　え？　フェラで？」

焦って訊くと、香澄は顔を伏せながら、こくっと小さく頷いた。

（フェラしてイク？　ええ？）

間違いない。香澄は潜在的にエッチ好きなのだ。

「ちょっとどうなるか……わからないから……精液、呑めなかったら、ごめんね」

健気な台詞(せりふ)を残して、香澄がまた咥える。

もう、そんなことを言われてしまったら、射精なんかすぐだった。

「うっ……や、やばっ……香澄ちゃん……で、出るっ」

ふわっと意識が高揚し、脳天に鋭い刺激が走ると同時に、切っ先から香澄の口中に向けて精液が迸(ほとばし)った。

口内射精すると、香澄は涙目になりながら、ガクガクと身体を大きく震わせる。

(イッ……イッた……ウソ……ホントにフェラしてイッたんだ……)

驚きつつ、射精を終える。

香澄は噎(む)せながらも呑み込み、しばらくして唾液の糸がねばっこくついたペニスを吐き出した。

「ううう……なんか、この前より濃いんですけど……どれだけ私に呑ませたかったのかしら？　もう……」

「ごめんっ……でも香澄ちゃんもチンポを舐めて、イッ……イッたんだよね」

「知りませんっ」

どうも言い方がよくないな。

さすがに怒って背中を向けてしまう。

愛おしいなと背後から抱きしめて、キスをしようとしたときだ。

「キスはまだダメッ」

拒絶されて、恭介はむくれた。

(キスはダメ？ なんなんだよ、もう……)

むくれると、香澄が肩越しにちらっとこちらを見た。

「でも、次も呑んであげるから……あとセックスも……」

「呑むの好きなの？ 俺の精液を呑むと、興奮するからかな？」

からかうと、

「……ばか……」

と、口を尖らせる仕草が可愛いので、そのままギュッと背後から抱きしめる。

どうやら「ギュッ」はOKらしくて、香澄は何も言わなかった。

3

「ウフッ。可愛いですね。梨奈さんも遠山先生も……いいですね、ふたりとも夏目先生のこと大好きみたい」

文乃が上品に、クスッと笑った。

(ああ、文乃さん……やっぱりキレイだ……)

タレ目がちな双眸が細められると、一気に色っぽい表情になる。

黒くてつやつやしたミドルレングスヘアに、白い肌。

可愛らしくて、しとやかな色気もあって、素朴な田舎の美熟女の魅力がこれでもかと伝わってくる。

(やっぱり四十路とは思えない……でも、この熟れた人妻の包容力がいい)

梨奈も香澄も、若々しく健康的なお色気がムンムンだ。

だが、やはり熟女には熟女の、匂い立つような色っぽさがある。これは梨奈や香澄には出せない、濃厚な熟女のいやらしさだ。

恭介のアパートの部屋。

休日に、文乃が「おすそわけ」と、採れた果物を持ってきてくれたので、そのついでに梨奈と香澄のことを訊いてみたのである。

「……ふたりとも可愛いし……こんな、なんの取り柄もない男を好いてくれるなら、ありがたいんですけど」

恭介は文乃が持ってきてくれた梨を切って、テーブルの上に置いた。

文乃はソファに座ったまま、手を伸ばした。

爽やかなライトブルーのワンピースの裾から、すらりとしたふくらはぎが見えてなんとも悩ましい。

「あら、取り柄がないだなんて……そんなことありませんわ。真面目だし、都会育ちなのにすれたところがないし、何より可愛らしいですから」

そう言って、ソファの隣に座る恭介に文乃は身体を寄せてくる。

（うっ、おっぱいが……）

文乃の身体は、どこもかしも肉感的だった。

Gカップのバストは、二十代のふたりよりも大きく、それでいて、もっちりと柔らかく、とろけそうなのが腕に触れているだけでもわかる。

「ウフッ……あんなに私のことを乱暴に抱いたのに、緊張なさっているの？」

長い睫毛を伏せた表情から漂ってくる憂いが、四十路の熟れた色香と相まって、恭介をドキドキとさせてくる。

（またやりたくなってきた……欲求不満の人妻……経験豊かな熟女……）

見つめると、文乃がうるうるした瞳で見つめ返してくる。

どちらからともなく唇を重ねる。

「ううんっ……ううんっ……」

舌を入れると、とたんに文乃は色っぽく吐息を漏らし、激しく舌をからませてくる。

文乃の唾や舌は甘くとろけるようだ。

夢中でベロチューしていると、一気に気分が盛りあがる。

「んんっ……んふぅ」

荒々しくキスしながら、恭介は文乃の身体をまさぐっていく。

(ああ、すごい……柔らかい……)

文乃のスタイルのよさは、二十代のふたりと変わらないのに、手のひらに伝わってくる、もっちりした感触がまるで違う。

抱きしめると、ムンとした人妻の香水が鼻先に漂い、量感たっぷりの大人の女のムチムチした肢体に陶然となる。

(たまらないな……熟女の身体……)

服の上から、Gカップのバストを揉みしだくと、

「ああんっ……」

それだけで、文乃は口づけを続けられないほど感じたらしく、顎をそらせた。

「エッチね……おっぱいの触り方……」

「だめでしたか？」

「ううん。そんなことないわ。すごくいい。もっと先生の好きなように揉みくちゃになさって……あっ……あっ……」

形をひしゃげるほど揉みしだくと、人妻は泣きそうな顔で顎をせりあげる。

悶え顔は、やはり熟女の方がいやらしかった。

「ウフッ……ねえ、先生……ベッドに……」

文乃が立ちあがったときだ。

足がテーブルの下にあったトートバッグに当たって倒れ、中からセーラー服が出てきて「え？」と思った。

「あっ……長女の高校の制服なんです。汚れたからクリーニングに出そうと思って」

懐かしかった。

恭介の高校時代、女子は同じようなセーラー服を着ていたので、甘酸っぱいような青春の記憶がよみがえってくる。

(同じクラスにセーラー服が似合う可愛い子がいたよなあ……まてよ……)

文乃を見た。

キュートで可愛らしい熟女が……セーラー服を着たら、かなりエロそうだと想像する。

「あの……このセーラー服を着てもらいたいなあ……なんて」

「ええ？」

その言葉に文乃が狼狽え、顔を火照らせていく。

「……だめですっ……そんなの……恥ずかしい」

文乃が目の下を赤く染めて、本気でいやいやした。

「これからクリーニングに出すんですよね。だったら、その前にちょっとだけ」

目をキラキラさせて言うと、文乃はあわあわした顔を見せてきた。

「いやだ……私、今年で四十よ。着られませんわ。だーめ」

「えーっ。お願いです。文乃さんのセーラー服姿って、とても魅力的だと思うんです。スタイルがいいから、娘さんのも着られそうだし」

「ホントに先生ってエッチだわ……こんな四十路のおばさんにセーラー服を着せようなんて。羞恥プレイです」

「ええ、エッチですよ。文乃さんの前なら、どんな男もエッチになります」

なんとしてでも、着て欲しくなってきた。

（セーラー服の熟女……想像するだけでエロい）

清楚な制服の下が、ムチムチの豊満ボディというギャップがいい。真顔で見ていると、やがて根負けしたのか、文乃はため息をついてセーラー服に手を伸ばす。

「今日だけですよ」

立ちあがり、ワンピースのファスナーを下ろして、足下にぱさりと落とす。

相変わらず、すばらしい身体だった。

しかもだ。そのグラマーな肉体を誇示するようなセクシーランジェリーもいい。黒いブラジャーはハーフカップで、白い乳肉が大きくハミ出して、かろうじて乳首を隠しているだけだ。

下のパンティも同じく黒で、両サイドが紐になっている。

ストッキングは穿いてない。

（俺を興奮させるために……着てきたんだろうな……）

田舎の農家のおばさんが、セクシーな下着を身につけているというギャップがたまらなかった。

このまま襲いかかりたいのをガマンして見ていると、彼女は恥ずかしそうに身を縮こまらせながら、セーラー服を着て、プリーツスカートを穿いた。

「これで、いいのですか？」

うつむきながら、熟女は所在なさげに太ももをもじもじさせている。

「す、すごい……すごいですよ」

生唾を呑み込んでしまった。

突きあげる胸の量感がすさまじすぎて、セーラー服の裾が浮き、形のいいへそが見えている。

ヒップも同じように大きいから、スカートは膝丈くらいのはずなのに、ミニスカート風になってしまって、太ももがきわどいところまで見えていた。

（エロッ……ああ、文乃さん……まだイケるよな……）

顔立ちが可愛らしいから、セーラー服が意外と似合う。

だが、四十路の豊満な身体つきもそうだが、年相応の色っぽさもにじみ出ているから、若い子のセーラー服姿とは段違いでいやらしいのだ。

「やだっ、もう……」

恥ずかしそうにしながらも、息がハアハアとあがって、瞳が潤んでいるのを恭介は見逃さなかった。

「そんなこと言って、でも興奮してるんでしょ」

ガマンできずに押し倒した。

「あんっ、先生っ……せめてベッドで……」

「もちませんっ。熟女セーラー服、エロすぎですっ」

セーラー服をめくりあげて、黒いブラジャーの上から胸を揉みしだく。

柔らかな餅のようにひしゃげると、ブラカップから乳首がちら見えして、それが生乳よりも興奮した。

できるだけセーラー服と黒い下着を着たまま、エッチしたい。

(文乃さんも、その方が恥ずかしいだろうしな……)

案の定だ。

「んんんっ……暑いっ……ああんっ……」

思った通り、文乃の身体は火照って、胸元も汗ばんできていた。

顔はもう真っ赤で、今にも泣き出しそうだ。

(文乃さんって汗っかきなのかな、いや……それだけ恥ずかしいんだな)

そんな風に思いつつ、ふいに腋窩(えきか)を見た。

セーラー服の腋の下が濡れて、大きな汗ジミができていた。

(おおうっ)

美熟女の汗ジミっ……。

恭介は鼻先をすぐに腋窩に持っていく。

「あんっ……先生、そんなところ嗅がないでっ……いやっ……いやっ……」

本気でいやがる文乃の手をひとまとめにし、バンザイさせるようにして押さえつけながら、舌でセーラー服の上から腋窩をねろねろと舐めた。

「いやっ！　やめてくださいっ……私、汗をかいてるのにっ……腋の下なんて舐めないでっ……あっ……あっ……あぅぅんっ」

いやがりつつも、くすぐったいのか感じるのか、甘い声が漏れてくる。

（くううっ、ツンとする酸っぱい匂いっ……人妻の汗っ）

優しくてキュートなお母さんの生々しい汗の匂いが、猛烈に興奮を煽ってくる。

もっと舐めた。

舐めながら、ぷにぷにする二の腕や脇腹も揉み込んだ。

（田舎の人妻……最高だっ）

セーラー服の美熟女なんて、アダルトビデオでしか見たことがない。

なのに、女優より麗しい奥さんが、娘のセーラー服を身につけて悶えているのだから、昂ぶらないわけがない。

燃えに燃えて、乱暴に薄茶色の乳首を口に含んだ。

「くうう！」

文乃はキュッと眉根を寄せる。

いい反応だった。

(乳首、感じるんだったな……)

しかも恥ずかしいことをされれば燃えるタイプのはず。

たしかめたくなって、プリーツスカートに右手を入れると、

「あっ……！」

人妻は大きくのけぞって、太ももをキュッと閉じた。

右手は挟まれてしまったが、それでも力を込めて動かして、パンティの底布部をこすれば、文乃が太ももを閉じた意味がわかった。

(なっ！　ぬ、ぬるぬるだ……文乃さんのパンティ……)

黒いパンティは新鮮な蜜を吸い込み、つるつるしているはずのシルク地がぐっしょりと濡れている。

「パンティの上からでもわかるくらい、ぬるぬるして、エロい女子生徒ですね」

「そんな風に、お、おっしゃらないで、先生」

セーラー服をたくしあげられた文乃が、恥じらい、顔をそむける。

娘の制服を無理矢理に着せられて相当恥ずかしいだろうに、その反面、乳首を硬くしてアソコを濡らしている美熟女。

興奮した。

おかしくなりそうだ。

夢中になって文乃の紐パンをほどき、プリーツスカートをまくりあげて足を広げさせ、猥褻な花びらを眺めた。

以前よりも洪水状態だった。

匂いもすごい。

舌で花びらをくつろがせてみると、内部のサーモンピンクの粘膜から、どっと花蜜があふれてきた。

たまらず、ざらついた舌で舐め取ると、

「あうぅぅ！」

それだけで文乃は、ビクッ、と腰を跳ねあげる。

もっと舐めると、セーラー服の熟女はGカップバストを揺らしながら、喜悦に歪んだ顔を見せてきた。

「あああ……いいっ……」

見れば、足指が大きく反っていた。

(クンニされるの好きなんだよな、文乃さんって)

一度舌でイカせているという事実は大きかった。

自信を持って、狙いを定めてクリトリスに舌を這わせると、

「ああっ……あああ……」

と、焦点の合わなくなった淫らな目を向けてくる。

「そんなにエロい顔でせがんできて……それに、どんどんスケベな汁があふれてきてますよ」

じゅるるる、と音を立てて蜜を吸ってやると、

「だめっ……イクッ……ああんっ、先生……やだっ、以前よりお上手ですっ……ああんっ、お願いっ……先生……もうだめなのっ……入れて、入れてくださいっ」

優しい母親の顔はすでになく牝の顔だった。

そんなエロい顔をされたら……恭介はすぐにズボンとパンツを下ろして、怒張の先をぬかるみに押し当てた。

「はうぅぅっ！」

ずぶっ、ずぶっ、と入れていくと、

「ああんっ……入って……くるっ……」

のけぞりながら、セーラー服姿の人妻はうれしそうな声を放つ。

その感じた顔を見ながら、ずんっと奥まで突き入れた。

「はああんっ、いやあっ……し、子宮に届くっ……すごく感じる」

感じた声を漏らしつつ、文乃がしがみついてきた。

(くううっ、脂がのったグラマーな熟女の柔らかボディ……たまんないやっ)

若い女性にはない量感たっぷりの抱き心地。

しかも、腰を動かせば、

「あああんっ……い、いいっ、いいわっ……」

と、肉の悦びに溺れるように、あられもない姿を見せて悶えまくるのだ。

(やっぱり熟女はいい)

恭介は溺れるように粘っこく腰を動かした。

四十路妻のおまんこをたっぷりと味わうように、ゆっくりと肉襞をかり首でこすりあげていく。

「あんっ……先生っ……気持ちいいっ」

膣襞は煽動し、男根をさらに奥へと引き込もうとする。

「くうっ……スケベな女子生徒だ。もっと、もっと、なんて欲しがってるような子には、また家庭訪問しないといけませんね」

息を荒げながら人妻を煽る。

ゆっくりした抽送で、ペニスがますます膣に馴染んでいくようだ。

「ああんっ、そ、そこっ……いやあんっ……先生だって、エッチよ……だって……女の反応を楽しみながら、私の中を丁寧にこすってくるんですもの。いつから、そんなことができるように……はああんっ、いつでも来てっ……家庭訪問にっ」

再びのセックスを許された恭介は、うれしくなって腰を強く使った。

「こ、ここはどうですかっ……」

さらに奥まで突き入れる。

「い、いや……そんな、だめよ、これ以上は……奥までっ……お、夫に……」

そこまで言って文乃は口を閉じた。

「な、なんですかっ？　言って、文乃さんっ……言わないとやめますよっ。先生の言うことが聞けないんですか？」

制服の人妻の顔を覗き込む。

文乃は愉悦(ゆえつ)に歪みきった表情で、

「ああんっ……せ、先生……い、言いますっ……言いますわっ……夫では届かない私の子宮……こすられてたまらないのっ……イクッ……先生……イクッ……」

セーラー服の熟女は、男冥利(みょうり)につきるような優秀な回答を口走り、ガクガクと腰を揺らした。

「くううっ……そんなにしたら、で、出るっ」

激しい快感で目もくらむような恍惚の中、恭介は制服の美熟女の中に注ぎ込んでいく。

「ああ……僕……文乃さんの中に出すの、たまりません」

「私もよ。先生に出されるとうれしいの……」

禁断の台詞を交わしつつ、恭介はしっかりと人妻を抱きしめて、最後の一滴までも注ぎ込んでいくのだった。

第六章　村祭りの夜にとろめいて

1

……りん……ちりん……。

風に揺れる風鈴の音だった。

かすかに耳奥で聞こえた気がしたが、幻聴だろうか。

「どうかした？　先生」

由紀が、脇に泡まみれの手を差し入れながら訊いてきた。

くすぐったくて、恭介は洗い場の椅子に座ったまま、身をよじった。

「ちょっと……やめてくださいっ」

と、背後にいる泡まみれの裸の由紀を見て、頬をふくらませる。

由紀がクスクス笑った。

笑うと人妻の豊かな乳房が悩ましく揺れて、ドキリとしてしまう。

「ところで夏目先生。なあに、きょろきょろしてるの？」

「いや……今、風鈴の音がしたような気がして……」

「風鈴？　あっ」

由紀が思い出したように言った。

「二階の寝室のベランダの風鈴、しまい忘れていたわ。もう夏もとっくに終わってるのに。でもよく聞こえたわね」

「どうしてでしょうね。でも思い出しました、風鈴で。僕がここに家庭訪問に来た日も風鈴が鳴っていて……そのとき、服が汚れちゃったんで、こうして一緒にお風呂に入ったんでしたよね」

一ヶ月も経ってないのに、ずいぶん昔の気がした。

あれからいろいろありすぎたのだ。

最初は田舎なんかと辟易(へきえき)していたのだが、人妻や同僚の美人教師が誘惑してきて、田舎って最高だと思えるようになった。

「あのときの夏目先生、すごくつらそうだったわ」

「え？　そう……でした？」

「そうよ。ほっとけないなと思って……」

由紀が泡まみれのおっぱいを、背中に押しつけてきた。

股間が一気に持ちあがる。

「ウフフ。先生のオチンチンって、すごいわよね。硬くて大きくて。入れられると、頭が真っ白になっちゃうの」

「い、いや……由紀さんのおっぱい押しつけられたら、誰だってこうなります」

言うと、由紀は少し寂しそうな顔をした。

「誰だって……か。夫以外はね。あの人、今日もまた飲みに行ってるんだけど……ほんと、私のことなんかどうでもいいんだから。今日はね、結婚記念日なのよ」

「ええっ？」

驚いた。

今日の夕方、由紀からＬＩＮＥで「旦那も子どももいないから夜の家庭訪問、どうかしら」と誘われた。そして、すぐ「行きます」と返したのだ。そんな話は初耳だ。

「大事な日に、すみません」

「ううん。いいの……先生がこうして抱いてくれなかったら、私、寂しくてどうにかなっちゃうから。いけないこととは思うけど……でも、先生には感謝してる」

肩越しにちらり見ると、由紀はニコッと笑ってくれていた。

「僕こそ……教師としては失格ですけど。こんな美人の奥さんと、こんなことになれるなんて」

本当にそうだと思った。

ぱっちりした目に、長い睫毛、ふんわりしたセミロングの黒髪
三十歳という女盛りの年齢そのままに、身体つきもムチムチしていやらしい。

四十路の文乃よりは、おっぱいもお尻もひかえめだが、若い分だけ今度は張りがあった。

(やばいな、比べるなんて)

頭を振ると、由紀がまたクスッと可愛らしく笑った。

「もしかして誰かと比べてない？　文乃さんとか、梨奈ちゃんとか……それとも遠山先生かしら」

ギクッとした。

「い、いや、そんな……うっ！」

背後から手が伸びてきて、男根をギュッとつかまれた。

思わず伸びあがってしまう。

「文乃さんは私より十歳も年上なのに、あんなにキレイで、おっぱいも大きいし。梨奈ちゃんや遠山先生もいい身体してるもんねえ」

「由紀さんだって、見た目はスレンダーなのに、こんなにボリュームがあって」

しかも、この昭和のアイドル風の顔はバッチリと恭介の好みだった。

嫉妬されるかもしれないから口にはしないが、どことなく香澄に顔のタイプが似ているのだ。

香澄が年齢を重ねたら、由紀のように可愛い三十路美女になるだろう。

「ウフ。いいのよ、私は……それで……なんだっけ？　来週の夏祭りは、梨奈ちゃんと遠山先生の、どっちかと行くことを決めなきゃだめなんだっけ」

「そうなんですよ」

ふたりの張り合いは続いていて、ついには、

「秋祭り、どっちと行くか、決めて」

と、各々から言われていたのだ。

つまりそれは、

「どちらを選ぶか」

という最後通牒である。

「ウフフ。私も文乃さんと同じ意見よ。真面目にいろんなこと考えたら、どっちが好きかは結論出ると思う」

押しつけられたおっぱいが、背中をなぞっていた。

「わかってるんです。でも、選べなくて……」

奔放でエッチなギャルママ。

清楚で真面目な同僚教師。

タイプが正反対すぎて、比べにくいのだ。

「ウフフ。優柔不断ね。そういうときは自分の性格と照らし合わせてみたら？」

「僕の？　ですか」

「そうよ。自分のことを深く考えると、見えてくるものもある」

言われて、考えてしまった。

そういう観点から、考えたことはなかったからだ。

(自分の性格か……)

ぼんやりしていると、ギュッと抱きしめられた。

「考えるのはあと。今は私とのセックスに没頭して。ねえ、舐めさせて……」

由紀が甘えるように、頬を背中にすり寄せてくる。

洗い場に寝るように言われて、仰向けになる。

彼女の家は風呂場が大きく、床がタイルではなくて、床暖の入った最新のものだから、痛くも冷たくもなかった。

仰向けになると、由紀は股間に湯をかけて泡を洗い流してから、恭介の身体を跨いできた。

由紀が上になり、股間を顔に向けてくる格好。

すなわちシックスナインだ。

「ゆ、由紀さんっ……！　これっ……」

恭介は慌てた。

目の前に豊満なヒップが突き出され、その奥には生々しくヨダレを垂らした女の口がいやらしく開いていた。こんなすごい光景を見たのは初めてだったのだ。

「ウフフ。舐めっこしましょ。あんっ、すごくビクンビクンってしてるわ。このオチンチン、好きなのよね」

あっけらかんと言いながら、肉竿にチュッと接吻される。

ねろっ、ねろっ……ねろーり、ねろーりっ……。

裏筋に丹念に舌を這わされると、震えるくらい気持ちよくなってくる。

(由紀さんって、舐めるの好きなんだよな……)

清楚なママなのに、セックスになると奔放な雰囲気になる。愛おしそうに尽くしてくれるのだから、男としてはたまらないのだ。

「ウフフ……ホントに元気ね……これ」

今度は先っぽに舌を這わせてきた。

亀頭部の鈴口や、でっぱった肉エラの裏側の部分を舌先で舐められると、否が応でも追いつめられてしまう。

「ううっ……ゆ、由紀さんっ……そんなにしたら……」

彼女は恭介の情けない呻きに反応し、

「ウフフ……」

と、笑みを漏らす。手加減する気なんてなさそうで、さらに咥え込んできた。

(くうう……だったらこっちも……)

負けじと、目の前でくなっ、くなっ、と揺れる豊かな尻の奥を見た。

由紀のおまんこは、独特の磯の匂いがして、それが興奮を煽ってくる。

昂ぶりつつ、スリットの奥に舌を入れた。

「あっ……ああんっ、先生、そこっ……」

上になっている由紀が、感じて大きくのけぞった。

膣内はピリッとした味がして、肉襞が舌に吸いついてくる。

これがいいんだとわかり、尻たぼをつかんで左右に広げて舌愛撫を続けていく。

「あんっ……だめっ……そんなに気持ちよくされたらっ……オチンチン舐められなくなっちゃうっ……ああんっ、前より上手……あっ、だめっ……だめぇぇ」

甲高い声を発し、ビクッ、ビクッと尻が揺れたとき。

(えっ？)

膣内から、ぷしゃぁっと透明な液体が噴き出して、恭介の顔に降り注いだ。

「うぷっ……ゆ、由紀さんっ……」

驚いて、茫然自失となる。

ゆばりだろうか。それにしてはアンモニアの匂いがない。

「ああンっ……ご、ごめんなさいっ……気持ちよすぎて……私、こんなになったことないのに」

肩越しに、由紀が真っ赤な顔をして泣いていた。

「もしかして、潮吹き……」

「そうよ。先生の舌が、あんまり気持ちよすぎて……私、おかしくなっちゃった。信じられないくらい上手になったわ。いったい誰に習ったのかしら……」

由紀が拗ねた顔をして、紅唇をペニスに被せてきた。

「うっ！」

いきなりフルピッチで顔を打ち振られて、恭介は大きく身悶えした。

(しゃ、射精させる気だ……)

由紀としては「お返しっ」という気持ちなのだろう。

もちろん抵抗なんかする気もなく、ただただ田舎の人妻のフェラテクニックに翻弄されてしまうのだった。

2

(うーむ、いったいどっちを選べば……)

考えながら畦道を歩いていると、金色の稲穂が風になびいているのを見て、美しいと思った。

春に来たばかりの頃は、水を張った田んぼだった。成長はあっという間である。

（ここに来て、半年か……）

最初の頃はいやだいやだと思っていたのに……。

「夏目せんせー、おはようっ」

子どもたちの集団が、わいわいと走って通り過ぎていく。

（あれ？　秋人……）

男の子たちの集団の中に、秋人がいた。

以前のようにぎくしゃくした雰囲気はなく、みんなで笑い合ったりしている。

もう完全に友達同士だ。

（こうやって子どもって、成長するんだなあ……）

なんだか少し感傷的になりつつ校内に入ると、校庭の花壇に女性が座っているのが見えた。

（香澄ちゃん……）

色とりどりの花たちの後ろに、香澄が紺色のジャケットとタイトスカートという新人ＯＬみたいな格好でしゃがんで、土いじりをしていた。

（おっ！）

恭介は唾を呑み込んだ。

わずかにスカートの奥に、ピンク色の布地が見えている。

ストッキングのシームに包まれた、パンティだ。

いつも通り、無防備だよなあと思わず苦笑してしまう。

「あ、おはようございます」

香澄が気づいて、挨拶してくる。ちょっとぎこちないのは当然だ。もう、そういう仲なのだから。

「あの……遠山先生」

恭介はくすくす笑いながら、香澄の横にしゃがんで小声で告げる。

「パンティ、見えてる。ピンク」

香澄は慌てて膝を閉じて、

「……エッチ……」

と非難してくるも、前のように本気で怒ったりはせずに、頬をふくらませて睨んでくるだけだ。

「……いや、だから……見えてるのが悪いんでしょ」

「うーっ、そうだけど……」

ちらちらとまわりを見つつ、香澄は、

「……ば・か」

と、口だけを動かして、ちょっとはにかんだ。

(くううう、可愛い……)

こちらも照れて笑うと、香澄も笑った。

「さっき見ましたよ。秋人くん、すっかり元気になって、よかったですね」

「え、ええ……そうですね」

教師らしい会話をしてから、香澄がちょっとムッとした顔をしたのは、秋人の母親である梨奈のことがあるからだろう。

そんなときだ。

「せんせー、今日も昼休み、ドッジボールしようよ」

男子生徒たちが駆け寄ってきて、うれしそうに言う。

「いいよ。今日は負けないからな」

「どーかなー、せんせー運動不足だし」

「ホント、ホント、また太ったんでしょ」

と、けらけら笑われて、

「なんだとー」

と、怒った振りをすれば、走って逃げていく。

「ウフフ」

香澄が、珍しく優しげな含み笑いをした。

「なんです？」

「ううん。夏目先生、元気になったなあって。ここに来たばかりのときは、暗い顔をしていて、それに生徒と関わり合いたくないって感じで……」

「それは遠山先生が……」

話しながら香澄を見て「ああ」と思った。

ここに来るまでは、都会の学校のモンスターペアレンツのイメージが残っていたから、子どもたちとは向き合うつもりなんてなかった。

こうして生徒と同じ目線で向き合えるようになり、生徒同士のわだかまりを修復できたのも、ここに来て成長できたからだと思う。

そして、それは……香澄のおかげだった。

香澄は恭介が話を途中でとめたので、訝しんだ顔をした。

「私が？　何か？」

「いえ、なんでもないです。それより、秋祭りに僕と一緒に行ってもらえませんか？」

「え？」

珍しく香澄が動揺して、慌てて声をひそめる。

「り、梨奈さんは？　いいの？」

「それは……きちんとするから。でも……せっかくだったら、浴衣がいいな」

「要求が多いのね、しょうがないなあ」

香澄は口を尖らせるも、まんざらではないような表情に見えた。

3

学生時代からモテたことはなかった。

引っ込み思案で話すことも苦手。特に女子とはまともに話しはできなかった。

それでも教師になったのは、子どもが好きだったのもあるし、何より安定した仕事を目指したからである。

女性にモテるような職業だなんて、一ミリも考えたことなかった。

それがまさか……。

田舎に赴任になってから、家庭訪問で美しい人妻としっぽりいい関係になり、さらにはクールで可愛い同僚教師と、ドSっぽいのに奉仕好きというギャルママに言い寄られて、どちらか選べなんて境遇になるとは夢にも思わなかった。

灰色の世界がカラーになったような衝撃だった。

ありえない。

舞いあがっている。

だから、人生で初めてというくらい悩んだ。

そのときに「一緒に成長していけるパートナーがいいな」と思った。

一緒にいて楽しくて。

価値観も合って。

たまに喧嘩もする。

本音を言い合える。

そして……お互いが成長していける。

いろんなことを加味すると、香澄と一緒にいたいと思ったわけだ。

でも、もちろん梨奈も香澄と同じくらい魅力的で、一緒にいたら間違いなく楽しいだろうと思った。

だから、断腸の思いで梨奈のところに行ったのだが……。

まさか梨奈があっさりと旦那と復縁しているとは思わなかった。

「せんせー、秋人のこと、ありがと。感謝してる。香澄ちゃんと仲良くねー」

今まで悩んだのはなんだったんだ……。

拍子抜けしたけれど、これでまあ結果的には香澄ひとすじ……となったわけではあるのだが……。


秋祭りの日。

普段は静かでのどかな田舎も、その日だけは浮かれているようだった。

神社の境内（けいだい）には、射的や輪投げや金魚すくい、アイスに焼きそばといった夜店が並んで、子どもたちや大人たちでごった返している。

「あんまり無駄遣いするなよー」

境内にいた子どもたちに声をかける。

生徒たちは「わかってる」と言いながら、もらったお金をどう効率よく使うか、みんなで真剣に考えているようだ。

（それくらい真剣に勉強して欲しいもんだが……）

と、歩いていって神社の奥の公園に行くと、約束通りに浴衣を着た香澄が、子どもたちと談笑していた。

「あっ、夏目先生っ」

子どものひとりが恭介に気づいて手を振ると、香澄も振り返った。

（うおっ！）

驚いた。

可愛いだろうなとは予測していたが、その想像をはるかに上まわる可憐さだったので、思わず見とれてしまった。

そして、藍色の浴衣を身につけた香澄は、やたらと色っぽかった。

セミロングの黒髪を後ろでまとめ、耳には小さなピアス、珍しく夜目にもはっきりとわかるほどにしっかりメイクをしているから、端整な顔立ちがより美しく見えた。

（か、可愛い……なのに色っぽい……）

浴衣の薄い生地が、身体のラインを浮き立たせていた。

帯でFカップバストは押さえられているものの、尻の悩ましい丸みはばっちりと見えていてかなりエロい。

（ぬ、脱がしてみたいっ……いや、浴衣を着せたままヤリたいっ）

浴衣の肩を剝いて乳房を見せたり、裾をぱあっと開かせて、秘めたる部分を見てみたい衝動に駆られる。

一度全裸を拝んでいるものの、浴衣をはだけさせた半裸は、また違った感動が得られるだろうなと心の中でほくそ笑む。

「こ、こんばんは」

子どもたちの前だから、香澄はよそよそしかった。

「あっ……こんばんは」

こちらも同じように、単なる同僚教師の振りをするも、目が合うと愛らしいので照れてしまう。

そんな仕草を敏感な子どもたちは感じ取ったようで、

「せんせーたち、もしかして、でーと？」

と、ませたことを言って、キャッ、キャッと騒いでいる。

「そんなわけあるか、ほら早く行かないと、夜店で買いたい物、他のやつらに取られちゃうぞ」

脅すと、子どもたちは、

「やべー、まずいよ、取られちゃう。急ごう」

とみんな駆けていってしまった。

「可愛いですね」

香澄がすっと寄ってきた。

秋祭りのメインは、神社の中での盆踊りだ。

だから公園の中は小さな明かりがあるだけで、周囲には誰もいなくなっている。

「似合ってるよ、浴衣姿」

ギュッと抱きしめると、細身の身体は折れてしまいそうだ。

だけど、肉感的にもっちりと柔らかくて、ずっと抱いていたいと思う。

「な、なんですか、急に」

抱かれた香澄が、うわずった声を出した。顔が赤い。

「いや、急にって言われても……本音だし」

正直に言ったつもりだった。

「ふーん。そう」

香澄は手で屈めと合図する。

なんだと顔を寄せると、背を伸ばして唇を押しつけてきた。

「んっ……！」

まさか、だった。

他に誰もいない公園ではあるが、すぐ向こうの神社では秋祭りの最中で、人も大勢いるのである。そんな場所で香澄がキスしてくるとは思わなかった。

キスをほどいて、見つめ合う。

ガマンできなかった。

「ンッ……ちょっと、えっ……恭介さん、何するの」

恭介は香澄の浴衣の前を割り、白いパンティの中に手を差し入れた。

「こらっ、こんな場所で……そこはだめって……あっ……」

少女のような小さな亀裂の中の膣穴に指を入れると、すでにぬかるんでいて、恭介は香澄の顔を見た。

「濡れてる……キスをしたから……？」

「し、知らないっ……いやっ……人が来るからよして……あっ……あっ……」

抵抗したくとも、足に力が入らないらしい。

（やっぱりこの子、感じやすい……）

このまま家までなんて持たなかった。

それに、また枕で顔を隠されるのがいやだ。

公園の奥の方の木の陰に香澄の手を引いて連れていき、大きな幹の前に立たせたまま、再びパンティの上端から手を差し入れて、膣穴を指でまさぐった。

「ううんっ……ああんっ……だめっ、そんな……」

いやがっている。

だが……。

くちゅ、くちゅ、くちゅ、くちゅ……。

濡れているのがはっきりわかるほど、いやらしい水音がしてきている。欲しがっているのが丸わかりだ。

(これが香澄ちゃんの感じた顔か……エロいな、香澄ちゃんって……)

暗闇でも月明かりで、表情が見える。

とろんとした顔で呆けているのが、しっかり見えた。

うつろな目で、半開きの口。

恭介は欲情して、さらに奥を指先でいじる。

中は狭くて、火傷しそうなほど熱い。

香澄は白い太ももをよじらせて、いやいやと首を横に振っていたものの、ぷくっとしたクリトリスを指でなぞると、

「あっ……！」

と、甲高い声を漏らして顎をそらし、そのまま指を受け入れるように、おとなしくなった。

（やっぱりクリって、すごい感じるんだな……）

だったら、もう少し刺激してみようかと、指で円を描くように小さな粒を撫でてみると、

「んっ！　あっ！　だめぇっ……そこだめぇぇぇ」

と、しがみついてきて、ガクガクと身体を震わせる。

（ウソだろ……こんなに乱れるのかよ……）

やはり感度がいい。

しかもだ。感じているだけでなく、もっと触って欲しいとばかりに下腹部をすり寄せてくる。これがあのクールな香澄か？

たまらなくなってきた。

空いた方の手で浴衣の胸元を割り、ブラカップをズリあげて、大きなおっぱいを揉みながらピンクの乳首にしゃぶりつく。

そうしながら、同時に指を入れて膣壁を刺激する。

「いやっ！　だめってば……そこばっかりいじらないでっ……あんっ……」

香澄が両手で顔を隠そうとするので、思いきってキスをした。

「んっ……んううんっ……ううんっ……」

キスを振りほどいていやがるかなと思ったが、信じられないことに香澄の方から舌をからめてきて、驚いた。

（かなり欲しがってるな。こっちもチンポを入れたくなってきた……この前は少し痛そうだったけど、これだけ感じてるなら……）

見たかった。

挿入したら、きっともっとエッチな顔をするはずだ。

（あっ、しまった……）

でも、ゴムがない。

この前、ゴムありで挿入したときですら怖いと言っていた。さすがに直挿入は無理だろうなと思っていると、

「……入れたいの？」

香澄が赤らんだ顔で見つめてきた。

「う、うん……だけど、ゴムがなくて……」

「……いいよ。そのまま入れても……」

恭介は目をぱちくりさせた。

「だ、大丈夫な日？」

訊くと、香澄は首を横に振った。

「どっちかというと、危険日に近い。今、私の中に精液を注ぎ込んだら、その精子で受精するかも……でも、赤ちゃんできてもいい……恭介さんがいいなら」

過激な台詞を言われて、恭介はためらった。

困っていると、香澄は泣きそうな顔で続けて言う。

「だから……もう梨奈さんのところにはいかないで」

「えっ」

ああ、そうか……と納得した。

香澄はまだ梨奈と旦那の関係が修復したことを知らないのだ。

(だから、気を引くために中出ししてもいいなんて言ってるわけか、健気すぎるっ)

恭介は覚悟を決めた。

「じゃ、じゃあ……するから、今度は奥まで……完全に俺のものにするから……俺以外のチンポを入れさせない……香澄のすべては俺のものだから」

はっきり宣言すると、香澄がうつむいたまま頷いた。

「少しつらいかもしれないけど、ガマンして」

恭介はズボンとパンツを下ろしてから、香澄の身体を木の幹に押しつけ、パンティを脱がせて片足を大きく持ちあげた。

(立ちバック、大丈夫かな……)

と、言っても地面は浴衣が汚れてしまうからだめだ。立ってするしかない。

(しかし、はだけた浴衣って、エロいな……)

足を広げているから、裾が大きくパアッと広がっている。

胸元もはだけて、白いおっぱいも見えている。乱れた浴衣姿はセクシー過ぎた。

欲望のままに剛直を押し当て、一気に押し広げていく。

(やっぱ狭いっ！　でも、そのキツさがたまらなく気持ちいいっ)

快楽のままに、そのままゆっくり突き入れていく。

「あっ……あああっ……」

香澄が涙目になって、大きく喘いだ。

肉がまるでミチミチと広がるような音がする。それくらい狭いけど、この前よりは馴染んでいるから奥までいけそうだった。

「痛い？」

訊くと、香澄が涙目で答えた。

「ちょっ、ちょっとだけ……この前より痛いけど、大丈夫」

少しずつ馴染ませるように入れると、いよいよ愛液がピンク色に染まった。

「処女膜、破れたみたいだ」

「うん……でも、思ったよりも……うんっ、なんとかなりそう……」

少しずつ、少しずつ馴染ませていくと、

「あっ……あっ……わかるっ、恭介さんのオチンチンが、私のおなかの中で脈打ってる、うふんっ……すごく気持ちいい……ねえ、ねえ……こんなに幸せなんだね。いっぱいしよ、セックス」

痛みを我慢しているのか。

それとも、本当に痛くなかったのか。

わからない。

だけど、香澄の笑顔はこちらがキュンとなるくらい愛らしい。

「香澄ちゃん……こっちも気持ちいいよ……ホントはぎりぎりで抜こうと思ってたんだけど、中で出したい」

「いいよ、きて……だけど、したらもう浮気は許さないからねっ。吉川さんや萩野さんともだめっ。家庭訪問は来年から禁止っ」

香澄が厳しい目をした。

恭介は思わず唾を呑み込んだ。

(ウ、ウソ……由紀さんや文乃さんのことも知ってたの？　マジか……)

可愛いけど、田舎の女性は強いんだなあ。

少し怖くなってきたが、すでにチンポは後戻りできないところまで、きてしまっていたのだった。

(了)

みだら家庭訪問　濡れる田舎妻
〈書き下ろし長編官能小説〉

2022年8月8日　初版第一刷発行

著者……………………………………………… 桜井真琴

ブックデザイン…………………橋元浩明(sowhat.Inc.)

発行人……………………………………………後藤明信
発行所………………………………………株式会社竹書房
〒102-0075　東京都千代田区三番町８－１
三番町東急ビル６F
email：info@takeshobo.co.jp
http://www.takeshobo.co.jp
印刷所……………………………… 中央精版印刷株式会社